文芸社セレクション

意地悪 富恵の生き甲斐

松村 俊孝

MATSUMURA Shunko

文芸社

目次

意地悪　富恵の生き甲斐

母の愛情を感じず育った富恵。そんな富恵は、人間に対し常に、不平不満を持つ人間へと成長した。だが富恵の心を動かし、変えたのは、健気な命との出逢いだった。

富恵は、大手スーパーに勤務して早十年が、経とうとしていた。同僚の女子が富恵を、呼んだ。「西村さん、お姉さんがいらしてるわよ。相変わらず、お姉さんは、お綺麗ね」富恵は心で、ボヤク。（お姉さんは、の（は）は、余分です。まぁ分かってはいるけど、思わず、お姉さんは、と言いたくなるほど姉は綺麗だから）そう富恵の姉の瑠美は、そこら辺の女優を、遥かに超える美しさだった。

富恵がボヤいた。（私が特に不細工に、生まれてきた訳では無いのよね。どちらかと言うと私は、かなり地味な普通な顔、良い所は小顔な所が、姉と共通しているが、姉は透き通る様な色白、私は母親に似て色黒で、パーツが全て小さく存在感が無い顔、それに比べて姉は、お人形の様な綺麗な大きな瞳に、ピンクの可愛い口元、鼻筋の通った小さめの鼻、一体誰に似たのか。そう姉は、我が家に取って突然変異としか言い様が無い）そんな姉を富恵は、全然羨ましいとは思わなかった。

何故ならば、姉瑠美の男運の無さに呆れていたからだ。今日も姉の瑠美は、働かない夫、子供三人の生活費の為、月末近くになると必ず富恵に、金を借りに来るのだ。

富恵は瑠美に、三万円ほど用立てた。瑠美が言う。「富ちゃん、いつもありがとう。私の給料が振り込まれたら、今度は必ず返すわね」

富恵が答えた。「気にしなくても良いよ。だけど何で義兄さんは、働かないの！姉さん甘いのよ」姉「そうね、でもあの人優し過ぎるのよね。少し強く言われてしまうと、傷付いて勤める事は難しいのよ。その分私が、働くから心配しないで、彼ね、子供達の面倒見も良いし食事の仕度も上手くなったのよ」富恵が更に言う。「はーぁ何それ…大体姉さんだったら、良い所に嫁に行けたのに無駄に美人なのよ」

そう姉、瑠美の男運の無さは、富恵が男性に興味を持てなくなった原因の一つでも有った。瑠美の最初の男は、中年の大工の棟梁で有るその男に、強姦された上に囲われてしまった様なものだった。それは姉瑠美が、短大を卒業し百貨店に勤務して一年ほど経った頃だった。同期に入社した木村可奈の母親が、営んでいる居酒屋に可奈に誘われて遊びがてら立ち寄ったのが、きっ掛けになり、可奈の母親から、週に一回だけで良いからとアルバイトをして欲しいと頼まれ、気の良い瑠美は断れなかった。その時富恵は、悪い予感がした。富恵が言った。「きっと！　その、クソ女将、姉さんが美人だから利用して客寄せに使う気に違いない。同じ西村として私が行ってやる」…瑠美が答えた。「心配してくれてありがとう、私なら大丈夫よ。折を見て断る様に、するから」と言っていたのに週末は毎回、アルバイトを続ける事になった。そんな居酒屋の常連の中の大工の棟梁である佐藤が、自分の得意先の建設会社である社長の息子に、瑠美を紹介したいと誘い、半ば、強引に席を設ける段取りをしてしまった。

姉瑠美は、当時二十二歳に、なったばかりでまだまだ見合いなど考えもしなかったが、佐藤の強引さに負け約束してしまった。見合い当日、瑠美は、同僚の可奈の母が営む居酒屋で、佐藤を待った。すると夕方五時を回った頃、佐藤は来た。佐藤は店に入る事なく、店の前に車を止めて、クラクションを鳴らした。

瑠美は、慌ただしく車に乗り込んだ。車の後部座席に乗り込んだ瑠美に対し、佐藤が言った。「前の席に乗りなさい」瑠美は、助手席へと乗り直した。やがて瑠美を乗せた車は、レストランの駐車場に着き二人は車を降りて、レストランの入口に回った。

そこは、おしゃれな感じのイタリアンの店で酒なども扱っていそうな、酒を楽しみながら、ゆっくり食事を取る風の店だった。予約席には、既に三十歳前後の優しそうな男性が席に着いていた。佐藤を交えて、お互い挨拶を交わし、ゆっくりと静かな時が過ぎて行った。佐藤は席を外す事なく三人の時間が過ぎて行く。すると佐藤が言った。「じゃ、そろそろ私は瑠美さんを自宅まで送り届けます」「えっ！」と相手の男性は困惑した様だった。まだまだ瑠美との時間を過ごしたい様子だった。出来れば二人きりにして欲しい様だったが、佐藤が言った。「大切な、娘さんを預かって来たので、又今度ゆっくり席を設けます」と瑠美を連れ去った。

佐藤は瑠美を助手席に乗せて車を発進させた。車を発進させて、しばらくして瑠美が気付いた。へっ！　さっき来た道と違う気がして瑠美が聞いた。「どこを走っているの」佐藤が答えた。「あー、せっかく瑠美ちゃんと二人きりになれたからドライブでもしようと思って」そんな佐藤の言葉に瑠美は逆らえなかった。何故なら瑠美は、極度の方向音痴だからだ。そして車は、どんどん郊外の山奥へと走って行く。ここまで来ると瑠美に取っては、何処が何処なのか、地名すら分からなかった。

すると、やがて車は、ペンション風のラブホテルに到着した。止めた車の中で佐藤が瑠美の手を握り言った。「一回だけ良いだろう？」えっ！　と困惑したものの瑠美に取って選択肢は、無かった。もし、こんな所で車から降ろされたりしたら、無人島に取り残されたも同然だからだ。瑠美は渋々首を縦に振る、すると佐藤は、かなり嬉しそうに「本当か！」と聞き直した。瑠美は、早くこの不安な状態から解放されたい！　と言う気持ちで「はい」と返した。佐藤は瑠美の手を握り、すごい勢いで部屋に入り瑠美の服を剥ぎ取る様に脱がし、瑠美はあっと言う間に、生まれたままの姿になった。佐藤は、かなり興奮した様子で瑠美の胸を、鷲掴みし吸い付いて来た。瑠美に取って地獄の様な時間が過ぎて行く。何度も何度も、求められ、やっと佐藤の気が済んだ時は、真夜中の十二時を回っていた。瑠美は下半身の激痛が止まらず、まともに歩けなくなっていた。佐藤が言う。「ごめん、ごめん興奮してやり過ぎた。瑠美ちゃんの初めての男だったんだね、嬉しいよ！　瑠美の体の隅々まで写メに収めたし、今度、いつ会う？」えっと瑠美は思った…確か一回だけと言ったのに…だが瑠美は、逆らえない。何故なら瑠美の恥ずかしい姿が彼の携帯電話に収められてしまっているからだった。佐藤は瑠美を乗せ、やがて瑠美の自宅の前で車を止めた。佐藤は瑠美の手を握り言った。「瑠美、良かったよ、又今度やろうね。又連絡する」と言いキスをし、瑠美の胸の先を指で突いた。瑠美は、車から降ろされ、やっと解放された。下半身は、まだ痛みが取れず血が滲み出るのを感じた。瑠美は玄関先で、富恵に電話をする。富恵が寝惚けた声で出た。「どうしたの、こんな夜中に居酒屋のオバンの家に泊まらされたんじゃないの？」瑠美が苦しそうに言った、「富ちゃん、助けて。玄関の前に居るの。迎えに来て」この時富恵は、まだ高校生だった。玄関の前で瑠美が屈み込んでいた。富恵が聞いた。「ど、どうしたのよ」瑠美が、答える。「とにかく部屋に連れて行って！　お願い」富恵は、寝入っている両親に気付かれない様に瑠美を抱えて二階の瑠美の部屋へと瑠美を運んだ。富恵は瑠美から事情を聞き！　腹わたが、煮えくり返った…が姉瑠美の様子が、かなり悪い様子なので心配だった。明日の朝一番で産婦人科に連れて行こう！　次の朝まだ高校生の富恵が付き添った。二人の両親は、幸い誤魔化し易く気づかず、真面目で勤勉な父は勤務先の郵便局に行き、そして母は、自分にしか興味が無く、こちらから知らせなければ何も分からない人だった。瑠美は、午前一番で診察をしてもらう。瑠美と一緒に富恵も診察室まで付き添った。

　診察を終え先生が聞いて来た。「かなり酷い状態ですが、診断書は出しますか」と聞いて来た。瑠美は口ごもったが、富恵は「はい！　お願いします」と答えた。瑠美の症状は先生が診ても明らかに強姦によるものと判断したが、先生から事の詳細を問う事は無かった。瑠美は一週間、風邪と言う理由で会社を休み、静養し、富恵も出来る限り姉瑠美の介護をする。そんな状況にもかかわらず比較的楽天的な両親は、何も気付いて無い様だった。その点では瑠美に取っては都合は良いが富恵は、その鈍感さが腹立たしくも有った。やがて瑠美も通常の生活を取り戻し何やら居酒屋のバイトも、しなくなっていたので富恵は安心していた。富恵は、就職活動をしていた事も有り姉の行動に何も気付かないまま一年が、過ぎようとしていた。すると、ある日姉の瑠美が富恵に折り入って相談事が有ると言うのだ。富恵は改まって何だろうと思いながら瑠美の話を聞いた。すると姉は信じ難い事を、つらつら言い出した。なんと、姉は、あの事件の後、佐藤に付きまとわれ、佐藤と付き合っていたと言い出した。佐藤は見合い相手に、勝手に断りの返事をし、居酒屋の女将には、瑠美に、アルバイトは、させないと宣言した。その為瑠美は友達の木村可奈との仲が、ギクシャクしてしまったらしい。そして何と、何度も佐藤と密会を、繰り返していたと言うのだ。瑠美が言う。「最初は、凄く、いやだったけど今は、彼を失うのが怖い」とまで言ってきた。富恵は頭の中が混乱した。そして更に瑠美が言った。「今度彼と一緒に暮らす事になったの、それでね。必ず奥さんと離婚して私と正式に、結婚するので一緒に暮らさせて欲しいと、うちの両親に頼みに来ると言っているの」富恵は唖然とした。富恵が心でボヤいた。（二十歳以上も年上の、家庭を持つ、野獣の様な男とですか）富恵は瑠美の浅はかさに呆れた。富恵が言う。「勝手にすれば、私は関知したくない」瑠美が言う。「富ちゃん、ごめんね、私、佐藤と離れられないの…」と。

　そして佐藤は、盗人猛々しく、自宅に、やって来た。我らの両親は、母法子は外面が良く他人に面と向かって逆らえず何も言えない。

　父は、気が良い静かな性格だ。父が姉に、言う。「瑠美は、どうしたいんだ」姉が答えた。「彼と暮らしたいです」父が「そうか…そうなのか…佐藤さん、奥さんと、お子さんは、どうなるのですか」世間擦れした佐藤が答える。「はい家族の事は、きちっと責任を取った上で瑠美さんを必ず幸せにします」そして両親は、父は、渋々承諾した。すると佐藤はもうすでに二人の部屋を借りていたのだ。姉を連れて早々に二人のアパートへと帰って行ってしまった。軽ハクな母が言う。「なかなかしっかりした、頼りに、なりそうな人ね。ねぇお父さん！」父が言う。「まぁ心配だが瑠美の意志が、そうなら仕方が無い…」と顔が青ざめた。富恵は父が青ざめるほど心配な気持ちが良く理解できた。心配以外の何も感じなかった。姉が佐藤と一緒になって幸せに、なれるはずが無いと感じ取ったからだ。

瑠美が家を出て半年が過ぎようとしていた。

父、母、富恵の三人で、いつもの様に食卓を囲み、いつもの様にテレビを観ていた。テレビから長渕剛の歌が流れて来た…すると母が言い出した。「良いわねぇ長渕ゴウ」えっと富恵は聞き直す。「今！　何って言った長渕ゴウ？」母が答える。「そうよ、知らないの？　長渕ゴウの歌！　私、好きなのよ」と言い放った。前々から分かってはいたけど、長渕ツヨシをゴウと言いきる母のポンコツさ、昨日、今日出て来た新人歌手でも無く、何十年も前に売れて今も忘れられた存在でも無い、何十年も前から一線で活躍し続けている歌手の名前だ。

　富恵は思う。この人だけは理解不能だと。

　そこに父が言い出した。「長渕ツヨシじゃないのかぁ」すると母「やだー！　お父さん長渕ゴウよ、ゴウ！」と言い放った。富恵が割って入り言った。「母さん！　長渕ツヨシは何十年も前からツヨシですよ！　他人に言ったら恥かくわよ！」そして母「あーら！　そうなの」富恵がボヤク。（素直じゃないなあ）と、その時！　固定電話が鳴った。母も富恵も一度座ると動かないタイプだった。父が電話を取る。「はい、西村ですが」佐藤からの電話だった。父「えっ！　瑠美が、まさか、こちらには来ていませんよ、連絡も有りません…本当ですよ、それは申し訳ない…だが瑠美にも事情を聞かないと何とも言えません」と言い電話を切った。父が神妙な顔で言った。「瑠美が佐藤君に使われている見習いの職人と駆け落ちをした、と言っている。もし、このまま瑠美が帰って来ない様だったら慰謝料を請求すると言っている」富恵の顔色が変わった。「はあ！」富恵は、姉が駆け落ちをした事より佐藤の、その言い草に腹が立った。富恵は直様《すぐざま》！　固定電話の着歴から折り返し、電話をした。富恵が言った。「あー私瑠美の妹の富恵だけど姉の事で二人きりで話がしたいのですけど」と日付を決め待ち合わせの約束を取った。と父が言う。「じゃ父さんも一緒に行く」富恵が答えた。「大丈夫よ、私一人で行きます」と父「そんな事、お前一人で行かせられる訳ないだろう、父さんも行くから」

富恵が答えた。「やめてよ！　父さんみたいな、お人好しは邪魔なのよ、私なら大丈夫よ！　意地悪 富恵と言われた人間よ、心配しないで、話付けてくるから」…そう、富恵は幼い頃から相手の欠点をズバズバ言ってしまう子供だった。小学生の時、その事が問題になり、ホームルームの課題になり富恵は前に座らせられ（何故、西村さんは、人を傷付ける様な事を言うのか）と皆で話し合いをされた。まるで公開処刑である。その結果富恵の性格が、意地が悪いからと言う結論になった。

それ以来、富恵は（意地悪 富恵）と呼ばれる様になったのだ。

富恵は、一人で佐藤に会いに行く。約束の場所に佐藤は、居ても立っても居られない様子で待っていた。富恵が声を掛けた。「あっ、どうも」佐藤が聞いてきた。「瑠美から連絡が有ったのか！　瑠美は、どこに居るんだ！」富恵は、無言で席に座り、徐にスマートフォンを出し、そこに写された画像を、佐藤の目の前に置いた。佐藤は、不審そうに覗き込んだ。その画像は何やら文書の様だった。佐藤は身を乗り出す。それは、診断書だった。西村瑠美様と書いて有った。そして佐藤は、内容を、目にして驚いた。そこには、膣の粘膜が剥がれ、子宮にまで達しており重症である状態。と書かれて有った。富恵が口を開いた。「お互い同意の下の性交渉であれば、こんな事は、起こりえないのよ！　貴方は姉さんを巧妙に誘い出し、姉の気の弱さを、利用して見知らぬ場所に連れて行き、巧みに計画して強姦したのよ。本来、貴方なんて姉とは、口もきけない雲の上の存在だったのよ！　姉は、幼い頃から二十二歳の今の今まで芸能界の人達からスカウトされ続けてきた。母は、姉が必ず女優に、なると思っていたから大賛成だった。でも姉は、気が弱い事も有り、どうしても芸能界と言う世界が怖いと断固、拒否し続けた。そして、こうも言っていた。（私は、運命の人と出会って、その人の、お嫁さんになり普通に、幸せになりたい）その時、父も言っていた。（瑠美の考えは、とても良い考えと思うよ。父さんも普通に勝る幸せは無いと思うよ）と。それなのに貴方は、そんな健気な望みも！　打ち砕いた犯罪者よ！」佐藤は、

「なにいい！」と言って拳を震わせた。

　富恵は更に別の画像を見せた。すると、そこには、佐藤の娘が小学校を下校する姿が映し出されていた。無論、学校名も、はっきり映り込んでいた。そして富恵が再び口を開いた。「それ貴方の二番目の、今の奥さんと貴方との間に出来た、お子さんでしょう。前の奥さんとの間にも息子さんが居ると言うのに、よく姉を幸せにするなんて、言えたものね！　その画像を、ＳＮＳに載せて、うちの姉を、強姦した男の娘で

す。と添えて拡散したら、世の中には、色々な人間が居るから、（強姦した男の娘なら、俺が強姦してやる）と言う人間が現れるかもしれないわね。知ってます？　児童が強姦された場合。子宮が酷く損傷し死に至るか、子宮を全摘出しなければ、ならなくなると言う事…」佐藤は、焦った様子で言った。「やっやめてくれ!!」富恵が答えた。「じゃ！　今直ぐ、そのスマートフォンに有る、姉の恥ずかしい画像を今、今直ぐ消去しなさいよ！」すると佐藤は、素直に「分かった」と言い富恵の目の前で姉の画像を全て、消去した。富恵が更に言った。「今後二度と姉には近づかないで、じゃ！」と立ち去ろうとした時、佐藤が止めた。「あっその診断書と娘の画像を消去してくれ！」富恵が答える。「はぁ、これは消去なんてしませんよ、第一、この診断書、その物は私の家に、有るのよ、消去しても意味が無いじゃない、どうしても診断書を消滅したいなら私の自宅に来て家族皆殺しにして持ち去ったらどう。因みに、私の部屋は、二階よ、貴方なら出来るわよね、だって犯罪者なんだから、首を洗って待っているから」と言って富恵は、その場を、立ち去った。佐藤は、愕然となった。そして、瑠美に対しての罪の重さを、感じ佐藤は、心から瑠美の幸せを願った。

　そんな富恵は実は、本当に殺されるなら殺されても良いと言う気持ちが有った。今、富恵は何の不満も不自由もない。特に悩みもない…が、生きがいも無い、目標も無い…そう、死なないから生きている。そんな人生だった。

　富恵は、人間に対して批判的である。人間嫌いと言っても過言ではない。但し動物に対しては、愛しさを、感じている。何故なら健気で素直で一生懸命に生きている。そんな動物が好きだった。富恵は、同年代の女子達の様に、おしゃれもしない、洋服は、全て姉の服だった。特に何の趣味も無く楽しみと言えば、月に一回位の割合で、動物園に行く位だ。動物園の一番のお気入りは、ゴリラの、太郎だ。その大きな背中と流し目に、キュンとする。富恵の父は成人しても子供達から、食費等を取らない主義だった。母は金遣いが荒い為欲しがっているが、父の主義には逆らえない。そんな事から富恵は家族の中で最も貯金の額が多かった。

　そんな中、姉の瑠美から連絡が来た。

　姉と共に駆け落ちを、した相手は、佐藤の会社に入ったばかりの大工の見習いで姉よりも五歳年下の十九歳の青年だった。富恵より一つ下の義兄になるかもしれない。その男は純粋そうな素朴な青年だった。父は、吉田光輝と言う姉の選んだその男を気に入った様だった。富恵は思った。姉も両極端な相手を選んだもの…だと、佐藤の様に粗野で嘘も、平気でつける世間擦れした男から、世間知らずの純粋で素材な男の光輝、佐藤よりは、マシだが、富恵は、義兄となるかも知れない、光輝を、あまり気に入っていない。何故ならば、あまりにも頼り無いからだ。何となく、父に似ている気もする。そう優しいだけが、取り柄の父は、母が、どんなに我が儘でも、何も言わない。母は自分が中心、そんな母は専業主婦で有りながら、まともに、家事も出来ない。旧家の我が家は、父が長男と言う事も有って、両親は結婚と同時に、祖父母と同居した。祖父は、早くに富恵が産まれる前に病で他界していて富恵が、物心を付いた頃には、家事は、ほとんど祖母がしていた。今でも思い出すと、忌々しいのが、母は祖母に、買い物を頼まれると、決まって姉と自分を連れて行き姉と自分に、荷物の入ったスーパー袋を持たせた。あれは確か富恵が三歳位の時からだ。しかも姉より重い方を富恵に持たせた。母が言った。「瑠美は将来女優さんに成るからね、手が、ゴツゴツになったら大変だから、富ちゃんが頑張ってね」と言われ、一生懸命に頑張って持っていた。お陰様で、今！　富恵の握力は、男並みである。しかも母は家の近くまで来ると、姉と富恵が持っていた、荷物を取り上げ、自分で持ち「お義母さん！ただいまー」と言って家に入って行った。

母は、我が儘な性格だが、祖母に対しては、甘え上手だった。そんな母は、まともに、自分一人で家事をした事が無い。祖母が他界してからは、掃除は、姉と富恵が、ほとんどしている。食事の仕度は、朝食は、何とかこなしているが、夕食の仕度は、大体途中まですると、電話を近所の主婦に掛け噂話などをし出して父が帰ってくるのを待っている。

父が帰宅すると、「お父さん！　天ぷら揚げるだけなの」とか唐揚げ揚げるだけ、とか言って後は、父に、お任せ。そして食事の後の片付けや、食器洗いは、富恵の担当に、なっている。母はこう言う。「食事の仕度してあげたんだから食器位洗ってよ」そんな母は、貯蓄が出来ない。父は、支店の郵便局長に、なった今も、小遣いは、新婚当時から、あまり変わらない。月二万円程度だ。これでは部下に、おごる事も出来ない。それなのに母は、貯金も殆どせずに、全部使ってしまうのだ。

母は、買物依存症で家電商品を、どんどん買い込んでしまい、まだ一度も使っていない商品も山ほど有る。倉庫には、掃除機六台、開封もしていない美顔器二台、電子レンジ、その他もろもろ大体は通販での購入で有る。と更に御当地菓子をテレビショップなどで、購入して近所の主婦達に振る舞っている。

西村家は、父が存在感が無く気遣う事が無いせいか、近所の主婦の溜まり場で有った。

母は、こう言う。「私は友達が沢山居るのよ」と。それは母の人柄では無く菓子は、食べ放題で、電化製品なども貸して欲しいと持ち帰る事が出来る。そのほとんどが返して貰える事は、無い。母は貸した事すらも、忘れている。そんな近所の主婦達と母は、人の悪口などで盛り上っている。ある日休日だった富恵が二階から下りていくと、もう悪口の真っ盛りだ！　母が言う。「この間、新築したばかりの大沢さんの家に行って来たんだけど、広くて明るくて良いんだけどね、台所の使い勝手が悪そうだったわよ！」すると主婦の一人も言い出した。「そう、それ私も思った。形ばかり気にして実用的じゃ無いわよね」

　富恵が心でボヤク。（おいおい、あんた達それ只の僻みだから！　大体うちみたいに祖父母が建てた古家に、未だに住んでいる人に、言われたくないと思うわ！）そんな主婦達が一瞬シーンと静かになった。それは母が富恵が生まれた時の話をしたからだ。母は富恵が、お腹の中に居る時、美希と名付けようとしていたが、富恵の産まれたばかりの顔を見て気が変わったらしい、それは色黒の貧相な顔だった。落胆したが、せめて名前だけでも裕福そうな名前にしようと、富恵にしたと言う。母が言う。「本当に、富恵は、誰に似たのかしら、美人姉妹に、なると思っていたのに、がっかりしたわ」その時だった。富恵は誰から見ても母、法子に、そっくりだった。母を若くした顔が富恵だった。近所の主婦達は、返事に困った。きっと皆（奥さんに、そっくりじゃない）と言いたかったに違いない、その言葉を飲み込んだ。気まずい間…とその時隣の藤井の、おばちゃんが言った。「あっそうよ、富ちゃん今日、お休みで居るんでしょう！　この外郎菓子、本場の物だけあって美味いから、富ちゃんにも食べさせたら」母が答える。「いいの、いいの、あの娘は、いつも飽きるほど食べているのよ」…「あっそうよね、私達も、いつも御馳走してもらって、すいません」…「いいの、いいの、遠慮しないで、食べてよ、明日は、京都の、お菓子用意するから」…富恵がボヤク（冗談じゃない、昔から母は、菓子や、まんじゅうを取り寄せ買っているけど、私は、たった一度も母に、貰った事が無い。姉だけは、時々貰ったらしいが）…昔姉が言っていた。「お母さんに富ちゃんに内緒って貰ったのだけど、半分だけ食べて富ちゃんに取って置こうと思って食べるんだけど、お母さんの、お菓子、すごく美味しくて、ついつい全部食べてしまうの…ごめんね」と言っていた。そんな母は、外面の良い見栄っ張りだった。そう今回の姉の事も建設会社の御曹司の所に嫁いで海外で結婚式を挙げた。などと言っている。母には、呆れるばかりだ。

その問題の姉も、なんだかんだもう三人目の女児を産んだ。姉は会社を辞めず、子育ての大変な時期は育休を取って頑張っている。

それに引き換え義兄は、勤めても勤めても、長続きせず、そんな、こんなで生活は、ギリギリだった。姉としては両親と一緒に、この古家で同居を、させてもらいたいと思っているが、母が近所の手前があるからと首を縦に振らないのだ。そんな母は孫達よりも世間体が優先だ。そんな母親と言う事だ。

それにしても姉の人生は、この十年の内に、どんどん変化している。なんと言っても三人の子供達の母親なのだ。それに比べて富恵の人生は、相も変わらずで有る。恋愛をする訳でもなく、男性と付き合った事も無ければ、男性を好きになった事すら無い。

富恵は、勤務先で有る大手スーパー（丸一）では、すでに古株で有りお局様の様な立場になっていた。そんな、ある日、富恵が勤務する蒲田支店に、新人の女子が入って来た。

富恵に挨拶をしに来た。「松山莉歩と申します。若輩者ですが、御指導宜しく、お願いしますぅ」富恵が、ボヤク。（うっ…。絵に描いた様な、ブリッ子…いやいや偽善者かも知れない。そうそこら辺によく居る偽善者！）例えば富恵が以前、パートさんの補佐でレジに入った時の事、混雑の為、買物客が列を作って、並んでいた時の事だ。ある客が順番が二、三番目になった時の事、通りかかった七十代位の婦人に対して言った。「あっそこの、お婆ちゃん！　どうぞ、どうぞ」と自分の前に入れた。どうやら知り合いでも無いらしい…その時も富恵は心でボヤイタ。「えっ！　それは、どうなんだ、自分は親切にしたつもりが、自分から後ろに並んでいる人達に、迷惑を掛ける事になる。順番を、譲ったのなら、あんた、その婦人の代わりに、一番後へ並べ、自己満足バカ」そう松山莉歩はあの時の様な部類の人間だろうと富恵は思った。

そんな莉歩が入社して、一ヶ月経った頃だった。富恵が休憩室へ入って行くと、松山莉歩が、シクシクと泣いていた。富恵がボヤク。（うわっ、まずい泣いている…面倒臭い…しかも二人きりかぁ）富恵が仕方なく声を掛ける。「あっ、大丈夫…」莉歩が答えた。「あっ、先輩、すみません。私が、私が至らなくてパートさんに叱られました。グスン、グスン」富恵が聞いた。「あっ何が有ったの?」莉歩が答える。「はい、今日レジの勉強の為に、パートの八木さんのレジに入ったのですけど八木さんのボールペンと出金伝票を、元の所に戻し忘れてしまったら、凄いいきおいで、叱られました。グス、グス」富恵が答えた。「あー八木さんかぁ、あの人、神経質だからね、それに、二十年も勤めている古株なのよね…まあパートさんも、直接、お客様と関わっているから、ストレスも溜まっているし、松山さんが、どうの、こうのって事じゃ無いんじゃ無いの」莉歩が聞いてきた。「そう、そうなんですかぁ」富恵「そうよ、あまり気にしなくて良いんじゃ無い。気にしても、気にしなくても、同じ事なら、気にしない方が良いと思うけど」莉歩が明るく答えた。「はい、分かりました。

先輩に、アドバイス頂いたら、さわやかな気分に、なりました。ありがとうございます」莉歩の快復の早さに驚きながら富恵が答えた。「あっいや、どうも」そして面倒な事は続くものだ。次の日も休憩室に入って行くと、中途採用で入社してきた山根和美とパートさんが居た。またしても、その山根和美が泣いていてパートさんが慰めていた。どうやら元蒲田支店に居た彼氏が、転勤になり転勤先の新入社員の女子と、付き合ってしまい、振られたらしい。

山根和美が泣きながら言った。「彼ね、お前じゃなきゃ駄目なんだ！　って言っていて、お前の作った、肉じゃがが最高だ。って言ってくれていたのに、きっとその女に誘惑されたに違いないのよ！　彼優しいから断れなかったのよ！　きっとそうよ」パートの主婦が答えた。「酷い、酷過ぎる。今まで甲斐甲斐しく、尽くさせておいて、慰謝料、貰った方が良いですよ」富恵がボヤク。（今まで、このパートさんと山根さん、こんなに、仲良かったかな。何となく気味が悪い二人だなぁ）するとパートさんの方が言った。「あっ時間だから私、レジに戻りますね。元気出してね」と和美が答えた。「うん、ありがとう…シクシク」富恵がボヤク。（うっまずい、二人っきり…トイレに行こう）と席を立とうとしたと同時に、山根和美が言った。「西村さんは、どう思う、聞いていたでしょう。彼、一時的な気の迷いよね！　きっと、戻って来ると思わない…どう思う、西村さん！」富恵「えっ、私ですか」和美「そうよ、他に誰がいるの」富恵がボヤク。（何か、口調の強い言い方だわ、そもそも先輩に対す接し方じゃないし、そんなんだから振られたんだな）富恵が答えた。「そうね、戻る事も、有るかも知れないけれど…あまり期待しない方が良いと思うけど、要するに、心変わりでしょう。誰も変わる心は止められないし、変わってしまった心が、戻る可能性は低いと思うけど」和美が悔しそうに返して来た。「貴女ってさ人を愛した事無いでしょう！　私が馬鹿だった。貴女になんて聞かなければ良かった！　じゃ、私、仕事なので！」と言って何故か怒って出て行ってしまった。富恵がボヤク。（そんだけ元気なら大丈夫でしょう。怒る意味も分からないし…）富恵は、母といい、同僚といい、つくづく人間て、苦手だわ、と感じた。そんな富恵の人生を、一転させる小さな、命との出逢いが起きた。その日は、朝からジトジトと冷めたい雨が降っていた。スーパーの仕事も終えて、駅から自宅へ帰る道程だった公園の中を、歩いていた時の事。小さく震える声で「ミィミィ」と確かに聞こえた。

富恵は、吸い込まれる様に、その小さな声に導かれた。すると茂みの中で、びっしょり濡れた、生後間も無い、茶虎の子猫が、鳴きながら震えていた。富恵は、バックからハンカチを出し、拭いてあげようとしたが、なかなか子猫に、触る事が出来ない。実は、動物好きの富恵だったが、母、法子が大の動物嫌い！　と言う事も有り、動物を見ている事は好きで有ったが触った事が無いのだ…戸惑ってしまった。だが子猫は、小さな体を震わせて…ミィミィ(助けて）と鳴いていた。富恵は、意を決して、その場に、しゃがみ込み、ハンカチで子猫を包み雨水を拭きながら子猫を暖めた。膝の上の子猫を、よく見ると、その子猫は、かなり不細工な顔をしていた。

富恵が呟く。(子猫なのに、こんな不細工で、可愛いくない顔を、見たのは、初めてだ…）

確か誰かが言っていた。動物も人間も、命を救ってもらえる為に、子供の時は、皆、可愛い容姿に、自然になっているのだと、なのに、この子猫は全々可愛くない。まるで、赤ん坊の時の自分の様だ。富恵はこの茶虎の子猫が多分誰にも可愛いと言って貰えそうもない、この子猫が無性に、愛しくなった。富恵は、この不細工な子猫に、勝手に（ブウヨン）と名付けた。富恵が声を掛ける。「ブウヨン、ブウヨン、頑張れ」と言い暖めた。が、この子猫を、どうしたら良いのか途方に暮れた。このまま自宅へ連れて帰る事は難しい。何と言っても、母は、拒否反応を起こす位大の動物嫌いなのだ。それに小さ過ぎる、この子猫は、一日中付ききりで看病してあげないと命が、不安な状態である。自分には仕事が有るし…などなど…しゃがみ込み子猫を膝の上に抱え身動き出来ずに居た。と、そこへ誰かが傘を差し掛け声を掛けて来た。男性の声だった。「大丈夫ですか」富恵は頭の上を、見上げる。すると三十代後半位の穏やかそうな男性が、傘を差し掛け立っていた。富恵が答えた。「あっ、困っています」男性が言った。「そうですか。その子猫、いや、ブウヨンは、私が預かりますよ」富恵「えっ、あっ」（ブウヨン…聞いていたんだ）その男性が再び言って来た。「挨拶、遅れましたが、私は、こう言う者です」と一枚の名刺を渡された。そこには、動物愛護支援団体動物の里「我が家」＝中島俊司＝と書いて有った。俊司が言った。「定期的に、この様な迷い猫が居ないか、この近くを回っているんですよ。私が見回った所、母猫の姿も無い様なので家で保護しますよ」すると彼は子猫のブウヨンを両手で包む様に抱き上げた。更に言った。「じゃブウヨン、保護しますね、もし良かったら、その名刺に書いて有る動物の里我が家へ、ブウヨンに会いに来て下さい」富恵は答えた。「はい、何から何まで、ありがとうございます。是非会わせて下さい」と、その男性（俊司）は、ブウヨンを大事そうに抱えて、足早に、去って行った。

富恵は、目には見えない何かに引き込まれて行く感がした。それから日常の日々に戻った富恵だったが、あの動物の里、我が家の事が頭から離れず。あの不細工な子猫のブウヨンに、無性に会いたかった。富恵は、今度の休みに、絶対に、訪ねようと決心する。

　愈々その日は夜明けから目を覚まし、何となく興奮してしまっていた。が、あまりにも、早朝早々から訪ねるのは迷惑だろうと思いつつも、母の作る朝食に合わせてなどいられず朝の六時を過ぎる頃には、もう電車に乗っていた。その動物の里、我が家は埼玉県の外れの、かなり、のどかな所。富恵は、電車とバスを乗り継いで、名刺に書いて有った住所を頼りに向かった。富恵は、もう直ぐ、ブウヨンに会える！　と胸を弾ませた。富恵は、バスを降りて、我が家に電話を入れる…すると、年配の女性の声で、気忙しそうに「はい、はい我が家」と言われ、富恵が「あの…あの私…西村富恵と申します。先日茶虎の子猫を、そちらの方に、引き取って頂いて貰い、あ、ありがとうございます。今、近くに来てまして、あの、その」年配の女性が返して来た。「あー例のブウヨンを助けてくれた、お姉ちゃんだね。あーそー来てくれたの、じゃ今、そこで待ってて、迎えに行くから」富恵が答える。「あっ、はい、宜しくお願いします」と言う言葉が言い終わる前に電話は切れていた。間もなくすると白い大きな、ワゴン車が、富恵の目の前で止まった。すると運転席からあの時の男性俊司が顔を出し富恵に声を掛ける。「あーどうも、来てくれたんですね」

　富恵が答えた。「はい、あの迷惑では無かったですか？　本当に来てしまい、すいません」俊司が言う。「何を言っているんですか、さあ乗って、ブウヨンが待っていますよ」富恵は助手席に乗り、何となく胸が弾んだ。やがて遠くに我が家らしき施設が見えて来た。そこは埼玉県とは、思えない広大な所だった。

富恵を乗せたワゴン車は我が家の前で止まった。そこは、先ず木で囲われていて中に、気高く鳴く犬達が、沢山保護されていた。そしてその横に、大きなプレハブの建物が建っている。すると、その建物から、五十代位の婦人が、出て来て、フレンドリーな感じで言った。「あー良く来たね、今、丁度皆で、休憩していたんだよ、芋蒸かしたから一緒に食べよう」富恵が答えた。「あっ、こんにちは、初めまして…」婦人「いいから挨拶は後でいいから入った、入った」富恵は「はい、お邪魔します」と言い恐縮しながらも中に入った。すると大きなテーブルに、スタッフと思われる中年の女性達が五、六名でテーブルを囲み、お茶などを飲みながら芋を齧じり寛いでいた様だった。そして一斉に富恵に向かって「いらっしゃい」と言ってくれた。富恵が答えた。「と突然、すいません」一人のスタッフが言った。「大歓迎よ、ねえマザー」すると、ここの家長と思われる先程の婦人が言った。「遠慮は無用、さあ座って」と言われ富恵は、素直に従い集いの仲間入りをした。富恵は、何となく、ほっと落ち着く様な懐かしい様な感じがして、初めて来た気がしなかった。すると、マザーの息子さんと思われる中島俊司が、富恵に言って来た。「ブウヨンに、会いたいでしょう。案内しますよ」と、富恵は「お願いします」と答えて、案内をして貰う。今居た広間の奥に行くと、ケージに入った猫達が居た。俊司が説明をする。「ここに居る子達は、病気や怪我を負っている子、それに老猫達です。頑張っています」と聞かされ更に奥に行くと小さな部屋に、元気な子猫達と、何匹かの、母猫が居た。すると俊司が言う。「ほら、そこの子猫達と母猫の中に居ますよ、ブウヨン」すると、そこには、白と黒のブチの母猫の周りに、小さな子猫達と、そして一回り小さめの、茶虎の子猫、正しく、あの時の不細工な子猫ブウヨンが居た。母猫に舐めてもらい、幸せそうに母猫に甘えていた。本当の母猫では、ないけれど、とても幸せそうだった。

富恵は、思わず口にした。「良かった！　幸せで良かった」そしてブウヨンに近づき撫ぜた。すると、富恵の方を向き寄って来た。覚えているはずも無いが、富恵は、単純に、嬉しかった。それから、ブウヨンは、やっぱり母猫の胸に顔を埋めて、前足を、フミフミし始めた。するとブウヨンよりも一回り大きめの、子猫の兄弟達も、母猫のミルクをチュウ、チュウと吸い出した。兄弟の子猫達は、後足を縮めて、前足で、フミフミしながら、ミルクを吸っているのに、何かブウヨンは、後足を横に投げ出し、おうちゃくな体勢で、ミルクを吸っている。富恵は、クスッと微笑んだ。何となくブウヨンらしい。私の様に少しおうちゃく者なのかもしれない、と呟いた。それからまた奥に行くと、スタッフの人達用のキッチンや、シャワールームそして寝室の様だった。そして俊司が言った。「じゃ二階に行って、みましょう」と富恵が案内されるまま付いて行くと、大きな広い部屋に、大体、百匹近い、健康そうな猫達が、それぞれの行動をしている。くつろいだり、じゃれ合ったり昼寝をしたり、幸せそうにしている。俊司が富恵に説明する。「ここは、比較的健康で、それぞれに、避妊、去勢手術を済ませた、猫達が、保護されている部屋です」富恵が答えた。「素晴らしいですね、見ているだけで、幸せになれますね」と、そこに、一階から、マザーの俊司を呼ぶ声がした。「今、連絡が入った。子猫、迎えに行くよ。車出して」

富恵は、俊司と共に一階に下りると、マザーが言う。「今、子猫を救助して欲しいと電話が、入った。住宅地の駐車している車の奥のタイヤに、しがみ付いて離れてくれなくて困っている、との事なので急いで子猫を保護しに、行くよ」俊司が答える。「了解、今、車出す」と言って俊司は外に出た。マザーも出ようとした時、富恵は、反射的に言ってしまった。「私も連れて行って下さい」マザーが答えた。「良し、じゃ行くよ！」富恵「はい」そして三人は、現場に向かった。やがて現場に到着すると、一人の主婦が困った顔をして佇んで居た。マザーが車の中から顔を出し、声を掛ける。「我が家ですが、子猫を保護しに来ました」主婦が言った。「あっすいません、宜しくお願いします。病院に、行きたいのですが、子猫が、出てこないので車が出せなくて…」マザー「はい、了解です。奥さんは、家に戻るか離れるか、して下さい」と言うとマザーは富恵と俊司を車に残して、まずは一人で様子を見に行った。すると、又車に戻り猫用の餌を、一掴みして、「ケージは、いらない」と、言って、一人車に近付いて行く。そして車に添って、しゃがみ込み、マザーの足元の側に餌を置き、岩の様に、動かなくなった。そのまま三十分が経過する。すると小さな三毛の子猫が、ミィと小さな小さな声で鳴き、餌に近付く。それでもマザーは、動かなかった。すると子猫が、餌を食べ始めた。その瞬間、マザーが子猫の首の後ろを、掴んだ。そしてマザーは着ていたTシャツの裾を捲り上げ、Tシャツの中に、入れ抱き込んだ。富恵は、その行動に驚く。（えっ直に、Tシャツの中に入れるなんて、どうして平気で出来るのだろう。もし暴れたりしたら、怪我をする）と思い息を飲んだ。するとマザーが車に戻り、「よしよし我が家に帰ろうね」と子猫に話し掛けながら車に乗って来た。そしてマザーが言った。「じゃ俊司、あの奥さんに報告して来て。それから周りに母猫や兄弟が居ないか、確認して来て」俊司は主婦に報告を済ませて周りを探索したが母猫らしき姿は、見当たらなかった。俊司が車に戻り、今来た道を我が家に向かって走り出した。やがて我が家に到着する頃には子猫は、マザーのTシャツの中で、安心した様に、眠っていた。まるでマザーに魔法を掛けられた様だった。富恵は、この、形振り構わず救助する、マザーに、感動し敬意を抱き何故か涙が、溢れた。

日常の生活に戻った富恵だったが、心は、動物の里（我が家）の事ばかりだった。職場に居ても、父と母と共に自宅に居る時も、ここは、自分の居場所では無い気さえしてしまっていた。

大体スーパーの勤務が無い日は、スーパーで販売している煎餅など手土産を持って動物の里（我が家）へ飛んで行く。マザーやスタッフの人達の手伝いをしたり、皆で一緒に、お茶をしたり。富恵は、人生初めての充実感を味わう。そんな、ある日我が家の裏庭で妊娠していた山羊が難産で昨夜から、苦しんでいるとの事。マザーや獣医さんは、付き切りだった。すると、マザーが「足が、見える、足が見える」と叫びながら腕を中に入れ少しずつ引っ張り出した。マザーは、優しく力強く、母山羊に話し掛ける。「頑張れ、カアヤ頑張れよ、もう少しだ！」すると足を、マザーに、引張って貰い山羊が産まれた。スタッフ達も駆け寄り、子山羊を、保護し、子山羊は皆が見守る中自力で立ち上がった。スタッフ達が拍手をして喜び合った。マザーと獣医さんは、母山羊に寄り添っていた。

マザーが母山羊に言った。「良く頑張ったね、偉い偉いよ、ありがとね！」感動の一瞬だった。富恵は、感じた。（ここには、ここの場所は、こんな感動の有る世界なのだと、出来れば、自分も、この世界で、これからの人生を、生きていきたい）と強く思った。

やがて富恵は、退職願いを提出した。十年以上勤務した会社だったが、割と簡単に、会社側は、承諾してくれた。特に、送別会の声も掛からなかった。そんな中、意外にも、あの、富恵が勝手に偽善者と決め付けた後輩の松山莉歩が声を荒げて言って来た。「いやです。先輩、辞めないで下さい！」と、富恵が、ボヤク。（いやいや辞める辞めないは個人の自由だから）と思いつつ、富恵が答えた。「無理して止めてくれなくても大丈夫だから、ありがとね」莉歩が更に言った。「何言っているんですか、無理とかじゃ無くて、私、先輩と、これで終わるのが、いやなんです」富恵が答えた。「あっそうなんだ。じゃ電話番号交換する？」莉歩「はい、是非お願いします」と言って、お互いの電話番号とメールアドレスを交換した。富恵は、少し面倒臭い気もしたが、やっぱり嬉しかった。

富恵は、すでに、マザーと俊司には、住み込みで働きたいと打ち明けていた。普通の給料と言ったものは、ほとんど払えない、と言われていたが、富恵は、食事と寝床さえ有れば、何も必要無いと、伝えた。この施設（我が家）は、メインスタッフとしてマザーと息子の俊司とマザーの妹の良子さんの三人で有り、この三人が、このプレハブの建物で暮らしている。後のスタッフ達は、それぞれ午前と午後に分けられたり日付も、曜日で分けられて来て貰っているボランティアの方々だった。常に大体五〜六人が常駐し作業を行っている。そこに、富恵が加わる事は大きな助けになる様である。自宅を出るに、当たっては、父は、快く「悔いの無い様に、自分の生きたい道を行きなさい」と案外、良い言葉を贈ってくれた。が、母の方は、もう気が狂った様に、富恵は、騙されている、とか、警察に、届けるとか、大騒ぎだった。とにも、かくにも、富恵は、施設我が家の一員となった。と言うより家族になったと言える。富恵は寝室として、小部屋を用意して貰えた。その小部屋は、マザーの部屋だったらしいが、元々、マザーは、殆ど自分のこの部屋に寝る事はなく、このプレハブの二階の猫達の大部屋の真ん中で寝ているらしく、富恵は部屋を譲って貰えた。富恵は、新たな環境に、直ぐに馴染んでいく。と言うより、水を得た魚の様に、生き生きしている。富恵が担当するのは、二階の猫の大部屋の血気盛んな猫達のトイレの清掃をメインに一日二回糞尿を回収し新しく新聞紙を、細かく千切って敷いて行く事、その時血尿や異常に軟便になっていないか確認しながら回収するなど、ともう一つは、一階のケージに入った老猫達の湯たんぽの取り替えと管理だった。そして例のブウヨンも、タイヤにしがみ付いていた子猫だった三毛ちゃんも、すでに二階大部屋に移動していた。立派な成猫になっている。富恵は、その元気な姿が嬉しかった。あんなに雨に濡れて弱っていた茶虎のブウヨンも、怯えていた、ミケちゃんも、大部屋でじゃれ合っている。ブウヨンは富恵が、トイレの世話をしていると、必ず、すり寄って来る。もしかして、覚えているのだろうか、と富恵は嬉しかった。そして、あのタイヤに、しがみ付いていたミケちゃんは、マザーが、この部屋に来ると、真先に擦り寄って行く。富恵は感じる…動物達は、人間と同じ様に、いや、人間以上に、愛情を感じ相手に愛情が湧くのではないかと…あの時茶虎の猫ブウヨンが助けを求めていた。あの時、最初に、自分の膝に乗せて、ハンカチで雨水を拭いた温もりを、忘れないのかも知れない。ミケちゃんも、マザーのTシャツの中の温もりを、忘れていないのかも知れない、富恵は、そんな気がして、ならなかった。富恵は、この施設我が家の命達を支える活動を、している内に、命の尊さを、感じていった。

富恵は、いつもの様に、糞尿を取り除き、新しい新聞紙を、細かく刻み整えた。そして富恵は、猫達の大部屋で、そのまま少し横になった。少し横になるだけの、つもりが、寝入ってしまった。新しい環境と言う事も、有り、疲れが、溜まっていたのか、かなりの時間が、経って行った。すると耳元で、フガフガと言う声がした。富恵が目を覚し、目を開けると、耳元には、茶虎の猫ブウヨン、そして、この大部屋の猫達が富恵を、囲んでいた。中には脇の間や脚の間に入り込み寝ていたり、寛いでいたりしていた。富恵は、嬉しかった。何となく皆が「いつも綺麗に、してくれて、ありがとう」と、言ってくれた気がした。富恵は、心に誓った。（この子達の為に、命有る限り頑張る）と、これが生き甲斐と言うもの、なんだろうと、感じた。

そんな穏やかな、ある日、動物の里我が家に一本の電話が入る。マザーが電話に出る。「はい、で、場所は！　じゃこれから下見を、させて貰いに伺います」と、電話を、切ったマザーが言う。「多頭飼い！　四、五十匹は、居るらしい。とにかく私が、どんな様子か、見て来る。俊司、車！　出して」と言って俊司とマザーは、忙しく出て行った。残ったスタッフ達が言った。「これは、大変だ、武装して行かないと！」富恵は、何が起こるのか、不安になった。翌日、ボランティアのスタッフが、勢揃いして、ワゴン車を、他二台も調達し俊司の車と計三台を俊司、ボランティアのスタッフ一人と、毎回診察をしてくれている、動物病院の先生の三名が運転をして、三名のスタッフを、我が家に残し、その他のスタッフと、マザー、富恵を入れた計七名で、現場に向かった。多頭飼いの家に到着すると、そこで、富恵が目にした、猫達の様子は、想像を、絶するものだった。そう、あの可愛い…はずの猫達が、牙を向けて、富恵達スタッフを睨みつけ異様な声を、上げている。そこに、隠れる様に、暮らしていた、老夫婦が、出て来た。その家は、猫達に、占領されている様子だった。マザーが言う。「この子達、かなりお腹を空かしている様だけど、餌も、与えてないの？」すると老人が答えた。「怖くてあげられないです」マザーが言う。「それは酷いわ、痩せて、お腹が、くっ付いちゃってるよ、共食いもする様に、なっちゃうよ！」そして、いよいよ、捕獲が初まる。まず玄関の外は、衝立式の網で囲い、ケージを用意して二人は外で待機する。残り富恵を含め五人が中に入り玄関を閉めた。マザー達は、棒が付いた、大きな網を持って、飛び逃げる猫達を、捕獲し始めた。マザーが言う。「一匹たりとも、逃すんじゃないよ！　野良猫に、するなよ」猫達は、激しい勢いで逃げ出し、それぞれに、隠れ部屋にも入った。そこで、俊司が、部屋のガラス戸を閉める。と、その中で、暴れ走りまくっている！　ガラス越しに見える、その姿は恐ろしい生き物にしか、見えなかった。その光景は、富恵が子供の頃姉と一緒に、母に連れて行かれた映画を思わせた。その洋画は、恐ろしい話だった。昼間は、可愛い人形達が、夜になり殺人鬼と変貌し人間を襲う！　映画だった。その映画を、見てから幼かった富恵は、夜しばらく怖くて、眠れなくなった。そんな幼い頃の恐怖の映画を、連想させた。富恵は、足がすくんで、動けなくなった。そんな中マザーが言った！「じゃガラス戸開けるよ！　そーれ捕まえるよ！」スタッフ達が、網を持ち構えた。マザーがガラス戸を開ける。猫達が部屋から飛び出て来た。皆それぞれ、網で捕らえていく。又その隙間から逃げ出し、天井裏などに、凄まじい勢いで逃げる。そして追う、そんな攻防が、四時間近く続いた。皆傷だらけになりながら、全ての猫を、保護したのだった。富恵は、只々立ちすくみ、たった一つの命も、保護出来ず、マザーやスタッフ達の行動力の凄さに、敬意の念を抱く。一方自分が、情け無く、我が家のスタッフの一員に、なる資格が無いのでは、と思えた。そして無事に猫達もケージに入れて、それぞれ車に乗せられた。

マザーが老夫婦と話し出した。「この子達は一旦保護させてもらいますが、全ての猫達を手術するに当たり費用を、半分負担して貰いたい」と言う事、すると老夫婦は、承諾した。老夫婦が、マザーに、話し出した。「これで、今日から、ゆっくり眠れます。最初は、妊娠している野良猫を保護した、だけだった。こんな事に、なるなんて…子猫が、五匹産まれてきて、それは、それは、可愛かった。あの頃が、一番、幸せでした。それが、その子達が成猫になり、段々様子が、変わっていき今では、地獄に居る様でした」するとマザーが言った。「この子達は、狂暴に、なりたくて、なった訳ではない！　只々一生懸命、生きようとしている、だけなんだ！　悪いのは、私達人間です。良い環境を保ってあげられ無かった、私達人間です。家も補修して落ち着いたら、この中の穏やかそうな、猫を、五、六匹、引き取って貰えますか」とマザーが、言うと、老夫婦は喜んで引き受けてくれた。

　後に、この夫婦の元へ連れて来られた猫達は、偶然にも、あの最初に保護した、母猫の子供達だった。そこに、母猫の姿は、無かったが、その子猫達は、成猫になって、それぞれが、穏やかな猫になっていた。老夫婦の元で、幸せに、なって欲しいと、富恵は、願った。一方我が家では、保護した猫達を、体の状態が、良好な順に、避妊（去勢）手術を行った。だが、中には、体力が戻る事なく手術を行う事なく死に至ってしまった猫達も居た。猫達も野性の本能が有るとはいえ、過酷だった、環境から、立ち上がれなかった。そんな猫達に、富恵は、祈る。（天国で、こちらで生きていた時よりも、何倍も、何十倍も、幸せに、なります様に）そして多頭飼いだった猫達について、マザーが言った。「この子達の為、裏庭に、新しくプレハブを建てるしかないね。早急に、建てないと、この子達は、ケージの中に入ったままだ。資金を、集めよう、募金や支援金が集まる様に、皆で呼び掛けるしかないね」富恵は、真っ先に、募金をさせて欲しいと、願い出た。富恵はスーパーに勤務していた時に貯め込んだ預金、全額を、募金に当てたいと、希望した。マザーが答えた。「いや、それは、そのお金を、そう簡単に、使う訳にはいかない。先ず皆で色々、呼び掛けて、集めよう」富恵は、戸惑った。何故なら、富恵は、今まで、生きてきて、親友とか友達とか、そういう存在は誰も居ない。唯一姉の瑠美だけが、何かと相談の相手だった。だが今回は、お金の事、姉は、働かない夫と三人の子供で生活が、いっぱい、いっぱい。そんな姉に募金の事など相談出来るはずも無い。と、その時、富恵は、思い出した。スーパー（丸一）の時、後輩だった、松山莉歩の存在を。早速、富恵は、松山莉歩に連絡をする。だが富恵は、思った。自分はもう、莉歩に取って、今や何のメリットも無い相手…冷たく、あしらわれるかも知れない。と思っていたが、電話に出た莉歩の声を聞き、その不安は、ふっ飛んだ。莉歩が出た。「はい、先輩、嬉しいです。連絡してもらいありがとうございます」富恵が言う。「あっ、そう、久しぶりね、元気でした」莉歩「はい私も、やっと仕事にも慣れてきました。それより先輩に会いたいです」富恵「あっそう、それなんだけど、松山さんに、折り入って、お願いが有って電話したのよ」莉歩「そうなんですか、何なりと、言って下さい」富恵「そう、でも話が長くなるので一度会えないかしら」莉歩「勿論、オッケーですよ、先輩に、会えるの、楽しみぃー」富恵は、莉歩に合わせ、スーパー丸一が有る蒲田駅近辺の、昔から有る、お好み焼き屋で待ち合わせをした。

富恵が店に入っていくと、もう莉歩が店の隅の席で、鉄板を前に、もんじゃを焼き始めていた。富恵が言った。「あら、ごめんね、待たせちゃった」莉歩「そんな事ないですよ、まだ、待ち合わせ時間より十分前ですよ、私、せっかちなんです。気にしないで下さい」富恵「そっそうなの、そんな風には、見えなかったわ、割と、のんびりタイプかと思っていたわ」やがて二人は、ウーロン茶を飲み、もんじゃ焼きを、食べながら話を弾ませた。富恵が聞いた。「どう、お店は、相変わらず」莉歩が答えた。「それが、もう、先輩がいなくなってから、大変でしたよ、ちょっとした西村ロスみたいに、なっちゃって」富恵「また、また、私なんて、居てても居なくても、同じじゃない、私の存在なんて、皆、とっくに忘れているでしょう」莉歩「そんな事ないです。先輩は、淡々と仕事をこなす、縁の下の力持ちです。パートさん達からも、先輩が居なくなってから、不平不満が、大変だったんですよ。西村さんは、何も言わなくても、備品類とか揃えて置いてくれた、とかそれが社員さんの仕事でしょう、とか言われちゃって。そうそう、それに、あの恋人に振られちゃった山根和美さんが、あれから、元彼が一年も経たないうちに、新しい彼女と結婚する事に、なっちゃって。ショック受けちゃったみたい。いつか自分の所に戻って来ると信じていたみたいで、それで私に言って来たんです。「西村さんの言う通りだった」って一言。その後一週間、体調不良とかで一週間ですよ、休まれちゃって、私なんて、そのしわ寄せで十日間も、通しで休み無しでした。やっぱり先輩の言う事は、的確です。仕事も出来るし」富恵が答えた。「そうかなぁ、私今…全然自信ないわ」と富恵は、松山莉歩に自分が、今どんな仕事をしているのか、詳しく説明をした。莉歩が言う。「そうだったんですか、動物達の、お世話をしているんですね、何か、確かボランティア活動に、専念したいと聞いては、いましたけど」富恵が答える。「そうなのよ。仕事は、凄く楽しいのだけれど、私、スタッフの人達の、足を引っぱっていて、全く役に立っていない気がするのよ。この間も、多頭飼いの猫達を、たった一匹も捕まえる事が出来なくて、それに付いて誰にも何の文句も言われないから余計に辛くなってしまって」と肩を落とす。と莉歩が言った。「それは、先輩、文句なんて言いませんよ。だって先輩、猫とか動物を、飼った事無いのでしょう」富恵が答える。「ええ、まぁ、施設我が家に行って初めて、動物達に触れたのよ」莉歩「でしょう、それは、慣れだもの、慣れですよ。それが、多頭飼いの猫でしょう。捕獲に、参加しただけで、充分ですよ。こう見えて私、動物は得意なんですよ。私の実家茨城県で農家をしていて、猫、犬、鶏、豚も飼っていました。って言うか豚は飼育し成豚になったら業者に売ってしまうのですけどね」と莉歩は豚の話になり顔が暗くなった。続けて莉歩は話し出した。「でも私が、子供の頃豚が売られて行く時、両親に（豚さんどこに連れて行かれたの）と聞いたら、（優しい家族の所に、貰われて行ったんだ）って言われて、ずっと信じてました。（バイバーイ、幸せになってね）なんて言っちゃって…そんな私でも小学校、高学年になる頃は、流石に売られて行く。と言う事に気付いて、悲しかったです。それで中学に入学したばかりの頃私に、懐いていた子豚が居て（ハナ）なんて名前まで付けて、ハナだけは、絶対に売らないでってごねて、ずっと一緒にいた豚のハナ、可愛いかった。でも結局、寿命で死んでしまいました。その時両親が、（豚に生まれて来たハナなんだから、食べてあげた方が、成仏出来るんじゃないか）って事になって、直ぐに、業者に頼んで解体して貰い、ホイル焼きにして、家族皆で、食べました」富恵は、驚き言った。「えっ、たっ、食べちゃったの」莉歩「はい、食べました。だから、ハナは、私の中に居ます。何か辛い事が、有ると、私の中のハナに話し掛けてます。そうすると一緒に、乗り越えてくれている気が、します」その後富恵が、「そうかぁ一緒に乗り越えてるのかぁ、何か松山さんの話って素敵だわぁ」莉歩「えー、素敵って、田舎臭い話ですよ」富恵「そんな事無い、良い話よ」富恵は興味津々で莉歩に聞いた。「そう鳥も飼っていたって、文鳥とか」莉歩「えっ文鳥、先輩、農家ですよ。鳥って言ったら鶏ですよ。ほとんど雌鶏で卵の収穫の為、そう、その鶏には昔酷い目に遭いましたよ。私が高校生の頃の話ですけど」富恵「それがね、私は、どんどん質問をしていった。「えっ、何、何が有ったの」莉歩「それがね、私は高校をバスで通っていたのですが、帰りに、バス停に降りると、自宅の方から畦道を、真っしぐらに、バス停に向かって、外し飼いの中の一羽の雌鳥の（コウ）が、「コーッコーッ」って鳴きながら、猛スピードで走って、来るんです。私いつも慌ててバスを降りるんです。だって、みっともないじゃないですか。しかも当時、憧れていた先輩が、同じバスに乗っていたので、コウの姿を見られる前に私も自宅に向かって走って行くと、途中で擦れ違いになって、すると、コウが、ユーターンして私を追ってくるんですよ。毎日ですよ、毎日」富恵「へー、可愛い、迎えに来てくれるの?」莉歩「違いますよ。そんなに、良い話じゃないですよ。鶏に、日が暮れる前に、私が餌をあげる係りなんです。要するに、あの雌鳥は、待ちきれずに、（早くしろよ）って事で、バス停まで来るんです。他の鶏達は、私の帰りを待っていて喜んでくれるのに。だから私制服を着たまま、餌を与えてるんです。下手するとコウは足を突いてくるんですよ」富恵「えーっ、本当に」莉歩「そうですよ、鳥を侮っては駄目ですよ。そうそうカラスなんて、もっと凄いですよ」富恵「え、何、聞かせて」莉歩

「それがね、隣の、お爺ちゃんの話なんだけど、隣のお爺ちゃんが畑で仕事をしていた時、カラスが縄に絡まってきたからって、なんと、お爺ちゃん捕まえて、首を、捻って殺しちゃって、その縄で、カラスの足を吊るして、かついで帰ってきて、茹でて飼っていた犬に食べさせちゃったの。そして、それから約二週間位経って又一人で畑仕事に行った時に、カラスが一羽、二羽と来て少しずつ増えてきて、気が付くと十羽位のカラスに囲まれて、身動き出来なくなってしまったの。それを見ていた、近所のおばちゃんが家の父に、「あんたの所の隣の内野さんが、畑でカラスに囲まれているよ」って言ってきて父と、双子の兄達と三人で棒を持って助けに行ったんですよ。カラスって、優しくすると、すごくなついてくるけど、敵に回すと怖いですよ」富恵は、すっかり聞き入ってしまった。今まで生きてきて、こんなに、人の話に耳を傾けたのは、初めてだった。莉歩の話は、本当に楽しい。

富恵「へーそうなんだ、農家だったんだ。そんな風には、見えなかったわ。オシャレで、垢抜けているし、案外、調子良く世の中を渡って行くタイプかと思っていたわ。こんなに、素朴な人だったなんて！　何か、嬉しいわ」莉歩「そんな、私誉められてます。あっ、それで、先輩、折り入って、話って何ですか」富恵が、思い出した様に言った。「そうよ、そうだったわ、話が楽しくて、すっかり忘れてた。実はね。

最初の多頭飼いの猫達約四十匹分のプレハブを建てる資金の為に、色々な人に、募金を、呼び掛けているの。こんな事、頼めるのって松山さんだけなの、私」莉歩が明るく答えた。「先輩、そう言う事なら任せて下さい。そうだ、丸一のパートさんとか、皆にも声を掛けますね。勿論、私の同級生や、家族にも。出来る限り集めますね」富恵は莉歩の頼もしい言葉が嬉しかった。富恵が言う。「ありがとう。本当に、ありがとう」莉歩「先輩、お礼言いすぎ」富恵は、初めて、自分に対する、人の優しさや、温かさを、感じた。莉歩が言った「任せて下さい」と言う言葉が、今まで他人に対して背を向けて来た、自分を、変えてくれる気がした。

それから、数日後、松山莉歩から、連絡が入る。「先輩、思った以上に、集まりましたよ。丸一のスタッフも、先輩の事、感心してました。頑張って欲しいと、エールを送っておいて。と頼まれました」富恵が言った。「ありがとう。本当に、お世話様でした」莉歩「私、動物の里我が家に行っても良いですか？　募金のお金と名簿を持って、我が家に伺っても良いですか」富恵「本当に！　それは有難いわ。是非来て、待っているわね」それから一週間後、莉歩は、バスを乗り継ぎ、動物の里我が家に、やって来た。富恵は、俊司と車でバス停まで迎えに行く。すると、莉歩がバスから降りて来た。富恵は、その姿に、感心した。莉歩はいつもの様に、フリフリの洋服を着てくると思っていた。だが違った。上下紺色のジャージに、スニーカー、リュック姿だった。富恵は、思った、（なんて、気の利く娘なんだろう）と。莉歩が明るく言った。「先輩、来てしまいましたよ。先輩の足手まといにならない様、お手伝いします」と運転席の俊司に対し、深々とお辞儀をしながら「わざわざ、迎えに来て頂き、ありがとうございます」俊司が答えた。「いや、こちらこそ色々協力して貰い、すいません」そして我が家に到着すると、富恵は、マザーやスタッフの皆に、莉歩を紹介した。すると、ほんの一瞬で、莉歩は、マザーやスタッフの人達と打ち解け、和気藹々になっていた。莉歩の協力のお陰で、ほぼプレハブを建てる資金も集まり、建設業者に前金を渡し、早速プレハブの建設が開始された。

やがて、プレハブは完成した。多頭飼いの猫達も、ケージに入れられているとは言え餌を与えられ避妊手術等も済ませているせいか、最初に比べると、かなり落ち着いてきていた。早速ケージから、プレハブ部屋に放す事にする。最初は、出入口に網を張り、逃亡されない様に設置して、遊び場やトイレなどなど、スタッフ等で手作りをしておいた。いよいよ、多頭飼いだった猫達、元気になった猫を、プレハブの部屋に放した。すると、それぞれに皆、色々な所に、隠れ出した。そこに、マザーが、木で作った縦長の器に、猫用の餌をたっぷり入れて、「はーい皆、ご飯だよー。お出で！」

とマザーが言うと、まず一匹の猫が恐る恐る出てきて餌を食べ始める。と又、次から次へと食べ始め、その内に、我先にと食べ出した。その姿は、とても幸せそうだった。マザーが言った。「はーい、これからはここが、皆の家だよ。安心して生きられるからね」富恵も嬉しくなった。富恵は思う。(良かった！　良かった。これから又忙しくなりそう)嬉しい悲鳴であった。一ヶ月も経つと、あの狂暴だった猫達は嘘の様に可愛い目をした猫になった。甘えん坊だったり、遊び回ったり寄り添い合って寝ていたり、それぞれだった。やっと、それぞれの個性が出て、争う事も無く、気の合う同士が、くっ付いている。狂暴一色の猫達が十人十色になっていった。富恵に取って穏やかな、日々が戻って来た。それに、あの松山莉歩も頻繁に我が家を訪れる様に、なっていた。莉歩は、どちらかと言うと、犬達の扱いが得意らしく俊司と一緒に、犬達を走らせたり、時にはタライに入れてシャンプーしたりしてくれていた。莉歩が加わってくれる事によって富恵は、より強くスタッフの皆と、打ち解けられる様になっていった。莉歩には、人と人を、繋げる。と言う不思議な力が有る様な気がした。もう富恵に取って、マザーやスタッフの人達は、家族の様な存在に、なっていく。

そんな、ある日、久々に、姉の瑠美から電話が有った。「もしもし、富ちゃん、元気に、してる」富恵が答える。「姉さんこそ、大丈夫」瑠美「私なら、大丈夫よ、それに、今ね、父さんと母さんの家で家族皆で暮らしているの」富恵「えっ！　そうなの、あの見栄張りの母さんが良く承知したわね」姉「そう、それなのよ。私が、近所の人達への言い訳を、提案したのよ」富恵「えっ何て」姉「そう、資産家の御曹子と結婚はしたけれど、あちらの風習に馴染めず、一家揃って家出して来た事にしたら、母（それは、良い考えね）って事になって承諾してくれたのよ。それでね。今度父さんと一家揃って、富ちゃんの動物達の施設に、遊びに行く事にしたのだけど、迷惑じゃないかしら」富恵「えっそうなの、勿論、迷惑ではないけど、良く母さんが、承知したわね」姉「そうなのよ、それ、母さん、富ちゃんの所の動物の施設の人達を、詐欺師と思い込んでいるから。だから私ね。皆で行って富ちゃんを、説得して連れて帰ってくるからと言ったら、母さん（そうね、それが良いわね。宜しく頼むわね）って事で承知してくれたのよ」富恵「へー姉さんも結構、したたかに成ったわね。逞しくなって嬉しいわ、で父さんも来るの」姉「そうよ、父さん、富ちゃんの事心配なのよ、それに、父さん、本当は、動物が大好きなのよ。昔、私がまだ幼稚園児の頃、父さん少ない小遣いを削って公園の猫達に餌を買って与えてたのよ。私も一回だけ連れて行って貰った事が有るんだけど、家に帰る前に、猫の毛が付いてないか必死で、はらってから帰ったのよ。もう大変だったわよ。母さんに、バレない様に」富恵「へーそうなんだ」瑠美「で、今度の日曜日に、娘達と光輝さんと、父さん皆で、施設へ行きたいんだけど、行っても大丈夫かしら」富恵が答えた。「勿論、大丈夫よ、嬉しいわ。皆に会えるのね。懐かしいな、楽しみにしているね」そして日曜当日、光輝の運転で、家族が、ワゴン車に乗って、やって来た。マザー達に挨拶をして、富恵が、色々案内と説明をした。三人の娘達は、やっぱり二階の大部屋の猫達が、お気に入りの様だ。

姉は、スタッフ達の給仕の手伝いをし、義兄は富恵の手伝いをし、一息ついた所で姉瑠美と猫達の部屋に行き子供達とくつろいだ。富恵も一休みすると父と二人になった。富恵が、父に聞いた。「義兄さんは、やっぱり働かないの？」父「ああ、だが家の事は、良くやってくれているよ。今、家の家事は、全て光輝君がやってくれている。あの母さんの我が儘も全部聞いて子供達や私の弁当まで作ってくれている」富恵「そうなの、でもやっぱり、姉さんだけに、仕事させて何か、納得出来ないわ」と父が言う。「姉さんだけじゃないよ、父さんだって、まだまだ現役で働いているよ」富恵「そういう事じゃなくて！」父「まぁ良いじゃないか、人には、それぞれ向き不向きが有るからね」富恵は義兄へ不満を持ちつつも、家族が協力して手伝ってくれた事に、感謝する。姪達が「又来るね」と言って皆帰って行った。マザーが言う。「本当に良いご家族ね。それにしても、富恵ちゃんのお姉さん、女優さんみたいに綺麗な方ね」富恵が答える。「はい、昔から自慢の姉です」もうそこには（姉は、突然変異です）と言う富恵は、居なかった。

それから、義兄は、姪達を連れて日曜日の度に、動物の里我が家を訪れる様になった。猫達のトイレに必要な、新聞紙を山ほど積んでやって来る。姪達は、楽しそうに猫達と遊び、義兄は、富恵の手伝いをしてくれた。富恵が思う。（西村家の家事を一手にこなし、早朝から子供達の弁当を作り、母の相手をして、さらに、この里我が家の猫達の為に新聞紙を集め、自分の手伝をしてくれる義兄）…そんな義兄を自分は、形に捉われて批判してきた。そんな自分を恥ずかしい…と思えてきた。この義兄には、感謝しかないとすら、思えてきた。そして、富恵の義兄への感謝の思いが通じたのか、富恵と義兄光輝は、どんどん打ち解けていく。義兄が言う。「瑠美と二人で逃避行をしていた頃、私の実家（田舎）に瑠美を連れて帰った時の事、家族皆に声を揃えて、『もったいない』と言われた」と兄は、誇らしそうに言った。富恵が言う。「姉は、仕事をしているから輝いていられるのかも知れないね。義兄さんは、そんな姉を、いつまでも輝やかせてくれる人だったんだね。義兄さんも私も、お互い陰で働く者同士、頑張りましょうね！」

　そんな日々の中マザーが言った。「本当に、富恵ちゃんが来てくれてから、賑やかになったわ。富恵ちゃんの御家族や、莉歩さんも来てくれて、助かるわ。この間、莉歩さん、なんかね、俊司と一緒に、古タイヤで犬達の遊具を作ってくれて、もう犬達、大はしゃぎよ。色々助かるわ」富恵「そうでしたか、莉歩ちゃんて、見掛けによらず、なかなか大工作業もこなしますよね」マザー「そうなのよ、なかなか頼りになるのよ」富恵は、動物の里我が家に来てから、人間の真の姿が、見えてきた様な気がした。偽りの無い、この世界で、生きていける事に満足していた。そんな日常の、ある日、莉歩が話が有ると言う。富恵「何よ、改まってどうしたの」莉歩が恥ずかしそうに、話し出す。「あのね、もう気付いているかも知れないけど私、結婚する事になったの」富恵「えー、そうなのお、お見合いか何か、もしかして、玉の輿？」莉歩「もう、何言っているんですか！　先輩、本当に気付いてないのですかあ。マザーも皆も何となく気付いてますすよ」富恵「えっ、何に？」莉歩が呆れた様に、言った。「だから、俊司さんです」富恵が確認する様に聞いた。「えー、俊司さんて、ここの？」莉歩「そうです！　ここの俊司さん只一人です」富恵は、驚き、困惑する様に言った。「そ、それは、おめでとう。それにしても、意外で驚いた。私の中では、莉歩ちゃんて、案外、玉の輿に乗るタイプだと思っていたから…そう、俊司さんと、莉歩ちゃん…何か素敵なカップルね」莉歩が答える。「ありがとうございます。これからは、私も、ここ我が家の一員になりますので、宜しくお願いします」富恵「こちらこそ、宜しくね」莉歩「そう言えば先輩、玉の輿と言えば、山根さん」富恵「山根さんて、あー山根和美さん」莉歩「そう、その山根さん、丸一スーパーのテナントで入っている、パン屋、中村屋の御曹司と結婚する事になったんですよ」富恵「えー、あの老舗の、銀座に本店を構えている、パン屋の中村屋と」莉歩「そうですよ、私、あの人頑張ったんだと思う。どうしても元彼よりランクが上の人と結婚して、見返したかったのだと思う」富恵「そう、山根さん、根性有るわね。負けず嫌いの性格を、根性で押し通す。なかなか出来るもんじゃないわね。それは、それで、立派だわ」それから間もなく俊司と莉歩は、結婚した。やはり身内だけの式、富恵も姉貴分として参加した。マザーは二人の為に裏庭に小さな、シャワー付の家を建てた。これで、莉歩も、我が家の家族になった。莉歩は、スーパー丸一の仕事は続けるそうだ。多分莉歩は定年まで続けるだろう。富恵は思う。うちの姉夫婦の様だと。富恵は、誇らしく微笑んだ。皮肉なもので、家族と離れて暮らす様になり、家族との絆が強くなっている様な、気がした。

そんな、ある日父が一人で、我が家を訪れて来た。富恵が言った。「どうしたの、一人で来るなんて珍しい」父が答える。「うん、勿論、動物達に会いたかった、のも有ったが、実は、母さんがうるさくて、どうしても、富恵を説得して家に連れて帰って来てと言っているから、取り敢えず来たんだ。勿論本当に、連れ戻す気はないがね。寧ろ父さんは、富恵が、生き甲斐を持って動物達を守っている事を応援しているよ」富恵が聞いた。「ねえ父さん、母さんの、どこが良かったの」父「えっ、どこがって、お前、父さんは、母さんがお前達を産んでくれた事に、心から感謝しているんだ。母さんが瑠美を産んだ時に（人生で、こんなに痛い思いをしたのは、初めてだ）と、そして（もう、二度と、こんな痛い思いはしたくない）と言って（あなた、もう絶対子供は産みません）と宣言していたのに、富恵を、お腹に宿した時、（お父さん、頑張って、この子産むからね）と言ってくれたんだよ。父さん、嬉しくてね。父さんに、こんな良い娘達を、宝物を、くれた母さん。それだけで良いんだ、感謝している」富恵「そうなんだ。でも姉さんはともかく、私は、何の取柄も無い娘だったね」父「何を言っているんだ。富恵は、素晴らしい娘だよ。瑠美も言っていた（富ちゃんは、勇気が有って、本当に優しい妹）だって、本当にその通りだ。なかなか、自分の人生を懸けて健気な動物達、小さな命を、支え守る事なんて出来ないぞ、父さんは、富恵を誇りに思うよ」富恵が恥ずかしそうに言う。「あ、ありがとう。何かテレちゃうな。で、父さん、何を切っ掛けに、母さんと結婚したの、まさかの、お見合い?」父「いや、見合いではないが、話せば長くなるが、父さんが、まだ、大学生の頃文化祭、今で言う学園祭に父さん達が研究していた宇宙についての話を聞いていた、まだ高校生だった母さんが、父さんの事を、えらく気に入ったらしく、その後も父さんを、訪ねて大学に、やって来てね。父さんも、妹の様な思いで休日に、遊園地とかに連れて行っていたんだ。その内父さんの自宅にも来る様になってね。父さんの母さん、つまりお祖母ちゃんに、なついてね。当時、母さんも、可愛がっていて。そんな中、父さんが郵便局に就職も決まり、父さんの父さんが、お祝いに、新車を買ってくれてね。母さんが（最初に、私を乗せて）と言うから今度の休みに、ドライブに行こうと言う約束を、していたんだけどね。サークルの皆で、湘南の方に、ドライブに行く事になってしまってね。母さんには丁重に謝って、今度、連れて行くから、と言って約束を断ったんだよ。それで学生の仲間皆とドライブに行き、初めての運転で緊張しながら、無事、自宅に帰ろうとしたら、自宅の門の前で、母さんらしき女の子が立っていて、よくよく見ると、大きな石を抱えて立っているんだよ。父さんは、慌てたよ。あの石は、きっと、この新車にぶつける気だなと思い、バックして空き地に車を止めて、母さんが諦めて帰ってくれるのを、待った。その間に思ったんだ。きっと、あの娘は、心が十歳位のままなのだろう。そして、これからも、多分十歳位のままなのだろう。十歳の子供には、保護者が必要だなと思い、父さんが、あの娘の生涯の保護者になろうと決めて、母さんと結婚したんだよ」…富恵は、何も言えなくなった。富恵が、口を開く。「父さん、母さんの保護者になってくれて、ありがとう。私、今度休み貰って、十歳の心の母さんに、会いに行くね」父「そうか、そうしてやってくれ、母さん喜ぶよ」…そして富恵は、二年ぶりに自宅に帰る。富恵が二年ぶりに、玄関の戸を開けた。

するとそこには、母さんが、あの母さんが目に一杯の涙を、浮かべて、両手を広げて待っていた。

ふみこの鎖

文子は、ふと、居酒屋の厨房でステンレスの食器棚に映った自分の顔を、覗き込み、悲しくなった。白髪交じりの髪、やつれた顔、痩せ細った、老婆の様な姿で、黙々と食器を洗っている…。文子は、心の中で、呟く。

こんな私に、彼から連絡なんて来る筈がない…もう、一生、彼から誘われることは無いのかもしれない。

あの頃!! 貴方に、あんなに愛され！ 求められていたのに!! どうして、こんな所でこんな惨めに、生きているの！ 今日は私の誕生日、とうとう五十歳に成ってしまった。貴方からの最後の電話…貴方は言った。「分かった！ 分かった！ 今度時間作るよ！ また連絡するよ！」と言われて、五年もの歳月が流れてしまった。

あの頃、貴方に愛されていた！ あの頃、私は、思い描いていた！ 私がこの歳を迎える頃には、貴方と一緒に暮らしてるに、違いないと、そう思っていた！ たとえ、籍は入らなくても、貴方と一緒に暮らして居るのは、きっと私に、違いない！ と、そう思っていたのに…。それなのに、どうして私は今、一人ぽっちで、生きているの！　貴方に、全てを、捧げてきたのに！　あの頃、三十路を目の前にしていた、あの頃、私は、初めて恋をした。産まれて、初めて、恋をした。

当時に遡る。

関文子は、小学校の教員である、厳格な父、関幸太郎とそんな父に従順な母、良枝と六つ年上の兄、幸一と言う家族構成の中で育った、真面目で几帳面な女性だった。兄は、大学院を卒業後、役所に就職し二十九歳の時に職場結婚をして既に生家を出ていた。文子も大学を卒業後、大手医療メーカーに就職し本社勤務している。絵に描いたような家族だったが、そんな家族の悩みは、文子の縁談が、なかなかまとまらない事だった。何度、見合いをしても、結局断られてしまう。もう少し明るい人の方が良い、と言うような理由だった。文子は、真面目で、やや大人しめの女性で容姿も地味目だった。目鼻は小さめで、その割には唇は厚目である。それが文子のコンプレックスに成っていた。そう、両親の悪い所取りだった！　兄は目は大きく、口元は母に似て薄い唇。文子は、母の小さな目を受け継いだ。幼い頃は親戚の人達に、男の子と女の子逆だったら良かったのにね！　などとよく言われたものだった。文子自身も中学生の頃に、兄と顔が逆だったら！　と真剣に悩んだこともあった。そんな文子が三十路を目の前に、工藤泰造と出会った。

文子が勤務して、丁度五年目の春だった。直属の上司に当たる、課長補佐に成ったのが、支店からの配属と成った、工藤泰造だった。あっ！　文子の鼓動が激しくなった。もしかして！　この人、あの時の、私が入社して三年位だった時に本社総合会議の日に支店の工場長だった、あの工藤泰造かもしれない！　あの時本社で出席した、あの一際目立っていた、長身で、まるでハリウッドスターの様に彫りの深い風貌の人物！　文子は、確かに、あの時　ときめいてしまった！　その彼が今年の春から、上司になるのだ。毎日毎日が単調な日々だった文子だったが、これからは、心弾む日々になる、予感がした。今年度、初日の朝礼で、彼が紹介された。やっぱり彼だった！　相変わらず素敵だった、あの長身と彫りの深い顔立ちは、年齢を感じさせない、かっこ良さ。文子の鼓動は高鳴った。

新しい上司に、それぞれが挨拶をする…。そんな時、文子の顔に陰りが座す。文子は、心で呟いた…こんな、大勢の中の、一人の私の事など、一年くらい経って、やっと「あっ！　君、確か、関くん、だったかな！」などと言われるに決まっている。そう、文子は、若くもない、美人でもない、飛び抜けて仕事が出来る訳でもない。確かに文子は、愛嬌がいい訳でもなく、来客を迎える際は率先して、お茶を入れる訳でもない。ただ言われた仕事は、完璧にこなし、自分が受けた仕事は、最後まで、やり抜くタイプである。独身の文子は、同僚の女子社員達に、よく仕事を頼まれ、それに対し案外、断れない、だが、頼まれた仕事は、責任をもって、こなす、陰の実力者である。そんな文子を、同僚たちは陰で、困ったときの、関さん！　と呼んでいる。そして、上司には、一年か、二年位たたないと存在さえ気付かれない事が、多かった。

工藤泰造が、配属されて一ヶ月が経ち、各自の仕事も落ち着いた頃、総務課の歓迎会が、開かれる事となった。弊社、宇部ケミカルの、御用達の料亭に予約を入れ、夕方七時からの歓迎会となり、総務課の略全員が、続々と座敷に上がり、それぞれの席に、着こうとした、その時だった。文子の背後から「ふみ～！」と誰かが呼び掛けた、次の瞬間、文子の肩に何かが掛けられた！　文子は最初、何が起きたのか分からなかった。すると、ほんの少し…男性の香りがした。工藤泰造の上着だった…文子は驚き一瞬、全てが静止した。その香りは心地好い香りだった。「えっ！」と我に返り、ハンガーに掛けてくれ、と言う意味なのだ、と気付き、「はい！　承知しました」と答えた。その後は、宴会がどの様な流れだったのか記憶になく、文子は、泰造へのトキメキが止まらなかった。そう、この時こそ！　関文子が、見えない鎖で工藤泰造に、捕らわれてしまった瞬間だった。泰造四十二歳、文子二十八歳の春だった。

翌日から泰造は、何かと雑用を文子に言い付ける。そして「関さん！」と呼ぶことはなく、「ふみ～」と呼ぶようになっていた。文子は、それが単純に、嬉しかった！　今まで文子を、特別扱いしてくれる人など、誰一人居ない…。特に会社の同僚、上司など、文子の存在を、重んじる人間は居なかった。だが泰造は、あえて文子を親しげに、ふみ～と呼ぶ…がそれに対して会社の人間は、えこひいき、とかセクハラとか思う者は居なかった。何故ならば、皆、心の中で…きっと、文子の様な裏方的な目立たない社員を、励ましの感覚で、エールを贈る気持ちで、特別扱いしているに、違いない、と受け止めていた。そんなある日の事、文子は又同僚に、子供のピアノの発表会が有るからと言う理由で、仕事を押し付けられた。文子は、一人残業になってしまった。かなりの時間が経ったが、文子は仕事を、途中で止められない。完璧に仕事をこなした後、ロッカー室で、着替えを始めた、その時だった。パーン！　と突然ロッカー室のドアが、開いた。そこに居たのは、工藤泰造だった。「文！　めし！　行くぞ！　駐車場で、待っている」「えっ!!　はい！」文子は思わず「はい!!」と答えた、文子は思った。（えっ今私、下着姿を、見られてしまった！　どうしよう）文子は、戸惑いながらも、駐車場へと向かって行った。

駐車場の、出口辺りに泰造の車らしき車があった。文子が近づくと、泰造がいた…泰造が、片手で助手席のドアを開けた。文子は、戸惑いながらも、泰造の車に乗り込んだ。泰造は、ぶっきらぼうに、聞いてきた。「何が、好きなんだ」「あっ！　はい！」文子は、とっさに「すき焼き……」泰造は、文子の返事が、言い終わるか、終わらない内に「分かった！」と車を発進した。文子は、呟いた…（えっ好きな食べ物は、母の作る、すき焼きだけど、外食ならイタリアンです!!）と答えたかったのだ。

文子を乗せた車は、やがて一流ホテル、ハルトンの地下駐車場に停められた…泰造が車から降りると、文子も後を追うように、車から降りた。エレベーターで一階に上り、泰造は慣れた足取りで歩く。文子も後を付いて行った。するとホテル内の和風の店の前で、泰造の足が止まった。そこは和服を着た仲居さん風の女性達が、入口付近で並んでいる。泰造が中に入ると一斉に「いらっしゃいませ！」と、お辞儀をする。文子は、こんな高級そうな店に入るのは、初めてだった。そもそも外食などほとんどしたことが無い。文子は、ほとんど母の手作りの料理で満足だった…母は何でも作ってくれた。おやつさえもほとんど買ったことがない。クッキー、羊羹、薩摩芋のかりん糖、等々全て作ってくれていた。

仲居さんが椅子を引いてくれ、文子は緊張ぎみに座った。座敷席とテーブル席が有るが、泰造はテーブル席を指定したらしい。席に座ると泰造は、早速、仲居さんに注文をする、と、同時に文子に向かって言った。「日本酒で、いいか?」と聞く。文子は「はい!!」と答える。泰造は、歓迎会の席で文子が酒を嗜めるのを、知っていた。ワゴンで仲居さんが、すき焼きの食材等を運んできた。厚手の小さめの鍋が、テーブルの中央に、セットされる。全て、仲居さん任せで、仲居さんが付きっきりで世話をしてくれる。文子は、すき焼きを、外で食するなど初めての経験だった。小さな鍋に、なにやら粗目砂糖を一面に引き、その上に、かなり高級な、霜降りの牛肉を載せて並べた。次に出し汁の様なものを、注ぎ込み次に醤油らしきものを、注いで、一煮えしたら、卵を溶いた器に、それぞれに、入れてくれた。文子と泰造は、酒を、交わしながら、肉を食した。文子は、緊張していた事も有ってか口の中に入れた肉が、美味しいのか、良く分からなかったが、ただ噛む間もなく、口の中で溶けてしまった気がした。次は、野菜などの具を入れて一煮したら、また器を代えて、入れてくれた。

最後に、小さな茶碗に盛られたご飯と、糠漬けらしき御新香が、置かれた。文子は、思った。（なぜ、すき焼きが良いと言ってしまったのだろう！　外食の、すき焼きとは、こういうものなのかぁ。御新香で、ご飯を食べるなんて、すき焼きの意味がない！　やっぱり母の作った、具だくさんの、すき焼きで、卵に混ざったたれと一緒にご飯の上に掛けた歯応えのある肉とご飯が最高だ！）と文子は、思った。

泰造と文子は、店を出た。文子が「ご馳走さまでした」と言うと泰造が「もう少し飲もうか？」と聞いてきた、文子は、まだ泰造と一緒に居たかったという気持ちも有って「はい!!」と答えた。すると文子を、ホテルのラウンジに待たせて、ホテルのカウンターへと足を運び、何やら交渉をしていた。文子は、思った。（ホテルの部屋を取ると言う事なのだろうか）文子は、動揺した…泰造が此方に戻ってきた。「行くぞ」と言ってエレベーターに向かった。文子は、オドオドしながら泰造の後を付いていった。

泰造と文子が乗り込んだエレベーターは最上階で止まりエレベーターのドアが、開いた。すると、そこは夜景が素晴らしい、オシャレなバーだった！　文子は、高鳴った鼓動を、撫で下ろし、ホッとした…と同時に少し気落ちしてしまった…が！　泰造と二人きりで、こうして居られる事は、夢を見ている気分だった。泰造はウイスキーをロックで飲み、文子はカクテルを飲みながら、泰造の話に聞き惚れる。泰造は家庭の話は一切しなかった。初恋の話等を話し出し、文子は、ただ、ただ聞いていた。そんな文子が少し、驚かされたのが、泰造がまだ大学生だった時の話だった。大学生の時に人妻と付き合った事があり、その人妻の旦那が出張した時に、部屋に上がり込み、その彼女と絡み合ってる時に、突然、その人妻の旦那が帰ってきて、パンツ一丁で服と靴を持ってベランダから逃走した話だった。文子が今まで生きてきて、こんな刺激的な話を聞くのは、初めてだった。泰造の話を、聞いていると泰造が独身の様な錯覚に陥ってしまうほど、家庭を匂わさない男だった。文子は、ほろ酔い加減になっていた。その時泰造が席を立ち上がり、「出ようか？」と言った。文子は、少し別れるのが、寂しい気がしたが、「そうですね」と答えた。二人はエレベーターに乗り込んだ。エレベーターが止まりドアが開いた。すると、そこは客室の階だった！　泰造は足早に歩いていった。すると、一つの客室の前で足が止まり「ここだ！」と部屋のドアを開いた。「えっ！」とさすがの、文子も、驚いた。が泰造は、当たり前の様に、「早く、入りな」と言った。文子は、言われるがまま、部屋に入る。部屋のドアを閉めると同時に、泰造は文子を、抱き寄せキスをする…そして片方の手で、文子の胸を!!　掴んだ！　文子は、全てが！　初めての経験だった。まるでスクリーンの中の自分を、観ているような気がした。心臓が飛び出てくる位に激しく鼓動した。意識を失いそうになる位の興奮で何が何だか分からなくなっていた。ふと、気がつくと、ベッドの上で、生まれたままの体で横たわり泰造が、おおいかぶさっていた、次の瞬間、強い！　痛みを感じた。その痛みは、拷問のように続いている、と同時に文子は、体が熱く、溶けてしまう様な衝動に借られた、興奮し過ぎて気が遠くなる。文子に取って只、確かなのは、泰造の、その肌、と臭いが、狂おしいほど愛しくて！　泰造に、しがみついた。

その夜、文子は泰造と結ばれた。

やがて二人は眠りにつく…。文子は、シャワーの音で目を覚ます。泰造がシャワーを浴びていた…浴室から出て来た泰造は、早々に服を着だした。泰造が口を開いた。「大丈夫か？　今日は早朝、役員会議が、有るから先に行っている！　後から、ゆっくり、おいで！　これ！　タクシー代、置いていくからな！」「あっ！　はい!!」泰造は先に出て行った。一人残された文子は、シャワーを、浴びながら昨夜の事を、思い出し体が、熱くなった…泰造に捧げた喜びを、噛み締めると同時に、底知れぬ不安が文子を、襲った。その時！　ブルル！　ブルルと携帯のバイブが鳴った！　母だった。「どうしたの！　文！　心配したわよ!!　昨夜から全然出なかったじゃないの！」文子は、とっさに「あっ！　ごめん言ってなかった？　牧ちゃんと飲み会で、牧ちゃんが、酔いつぶれてしまったの！　牧ちゃんの部屋に泊まって介抱してたの！」と嘘をついた、こんな嘘をつくのは初めてだった。牧ちゃんとは、文子のたった一人の親友、安田牧子だ。文子と牧子は、小学校からの、同級生で対照的な二人だった。牧子は、明るく活発で、クラスでも人気者だった。学級委員を、務めていた。因みに文子は、書記をやっていた。そんな二人だったが、牧子の方が文子を慕っていた。そう…その頃小学生だった二人が昼休みに、お喋りをしながら廊下を歩いていると、二～三人の中の男子の一人が、すれ違い様に、言った。「ぶーす」すると牧子が、凄い剣幕で言った！「ちょっと！　待ちなさいよ!!　何て言ったのよ!!」「お、お前の事じゃないよ！」すると牧子が「お前に、お前と、言われる、覚えはない!!」続けて牧子が言う。「あんた、さー！　リンゴって漢字、書ける？」「えっ!!　そんな漢字、知らねぇよ！」「ふーん！　文ちゃんは、書けるのよ！　文ちゃんは、難しい漢字、何でも知ってるんだから！　字も書けないくせに！　生意気よ!!」と文子を、庇った。それからは、男子たちが、文子を、馬鹿にする事はなかった。大人になっても、それは変わらず、牧子は、明るくて、はっきり物申す性格で、相変わらず色白で瞳が大きく、流行りの服が良く似合うモデルの様なルックスである。そんな牧子は、百貨店に勤務する、オシャレな女性だったが文子との共通点は、二人とも婚期を逃し三十路を迎えようとしている点だが、牧子の場合は、常に彼氏がいるのだが一年と続かず、いつも牧子が振られてしまうのだった。牧子は、思ったことをストレートに言ってしまう性格で相手が恋人であろうと、相手の欠点を、責めるように言いのけてしまう！後悔したときは、遅すぎる。そう、そして、また振られる…牧子は、就職した、と同時に生家を、出て一人暮らしをしていた。そんな牧子と文子は月一のペースで、チェーン店の居酒屋で女子会をしているのだった。

泰造と一線を、越えてしまった文子は、罪悪感を抱きながらも、職場に、行く事が、楽しくてしかたがない！　泰造に会える！　一緒に居られる、何よりも幸せな場所！　それが職場だからである。昼になると泰造から、メールが来た！（お昼どうする？　外に出よう！　鰻にする？　イタリアン？）文子も返信した。（イタリアンが良い！）すると又（じゃあイタリアンの店に、先に行って席取っておいて）と泰造からの返信だった。そんなやり取りも、文子は幸せだった！　だが実は文子は、母が作ってくれた弁当が有った。今まで文子は、社員食堂の、五十円の味噌汁と母の作った弁当を食べるのが、日課だった。文子は母が作ってくれた弁当の中身を、初めてゴミ箱に捨てた。文子は、泰造に翻弄されて行く…。泰造は十日に一回のペースで文子を誘い、ホテルに泊まった。文子に取って、毎日が、パラダイスだった！　朝礼で泰造が部下たちに!!　厳しく指導をする！　神妙な、面持ちで同僚たちが泰造の話を聞く！　そんな泰造の姿を見ながら、文子は、昨夜、泰造が文子の胸に顔を、埋めて甘える姿を、思い出しながら、ただただ、泰造が愛しくて、体が溶けそうになり、目も、うつろに泰造を見つめる。そんな、ある日、文子は定番の眼鏡を、外しコンタクトに変え、長い髪は、後ろで団子にしていたが、編み込んで片方の肩に、たらし、出勤した。すると、早速、泰造からメールが来た！（今日…綺麗だよ!!）文子は単純に嬉しくて！　やがて、その髪型が、文子の定番の髪型になった。

　そんな幸せな、ある日文子は牧子を女子会に誘った。泰造の事を聞いて欲しかったのだ。いつもの様にチェーン店の居酒屋で、二人で会うことになった。文子は泰造の事を、機関銃の様に話し出した。文子に取って泰造の話をする事が、限りなく楽しくて、幸せだったのだ。牧子は、文子の話を、誇らしそうに、うん！　うん！　と聞いていた。いつも聞き役の文子か、男性の話をこんなに幸せそうに、話すのは初めてだった。牧子が言った。「凄いね！　その人！　かなりフミちゃんに、熱上げてるよね！　だって、妻帯者でしょう？　普通、家庭を持ってる男性って、滅多に外泊なんてしてくれないよ！　せいぜい、お泊まりなんて、年に、一回か二回だよ！　もう、奥さんとかと気付いているかもよ！　将来フミちゃんと一緒になるつもりなのかなぁ？」文子が言う。「えっ！　本当に、そう思う！　私!!　籍なんか入れてくれなくても良いの！　彼と一緒に暮らしたい!!」「そうだね！　きっと、そうなる！　様な気がする」と牧子が、言った。文子の迷いは、消えた。牧子に、背中を押された気がしたのだ…と、その時、隣のテーブルに居たサラリーマン達の中の年長者が、文子に対して言った。「お姉さん！　引き立て役？」すると!!　牧子が答えた。「おじさん！　ドラマの見すぎじゃないの！　現実の世界に引き立て役も、脇役も、無いから！　皆それぞれ自分が主役で生きているのよ！　おじさんだって、自分の人生、自分が主役で生きているのでしょう!!　それとも、おじさんの横に居る、その若くてイケメンの彼の脇役なの？　違うでしょう!!」…その後そのサラリーマン達は、ばつ悪そうに何も語らず、黙々と酒を飲んでいた。…文子は、又牧子にハラハラさせられる。

今日は文子に取って特別な日だった。すると朝早々と牧子から、メールの着信が来た！（フミちゃんハッピーバースデー！　とうとう二十九歳に、なっちゃったね。マキも、一ヶ月後には二十九歳に、なりまぁす！　お互い、ここからが、正念場だよね！　三十歳に、なる前に！　必ず結婚するぞー!!）そう今日は、文子の誕生日だった。毎年誕生日には、母が、赤飯を炊いて、チョコレート味のシフォンケーキを焼いてくれて、そして!!　文子の大好物な、ニンニクの効いた鶏の唐揚げを山ほど揚げてくれる！　…文子は、呟く。（今日は誰にも仕事を、頼まれないぞ！　早く帰って、母の唐揚げが食べたい！）すると、又着信が入る！　泰造からだった。（ふみ～誕生日、おめでとう！　今日は六時から、レストラン予約してあるから、残業するなよ！）え!!　文子は、泰造に誕生日を、教えた記憶がなかった。そんなに気に止めてくれていることが嬉しい！　今まで文子の誕生日を、祝ってくれるのは家族だけだった。文子は、こんなに自分の事を、思ってくれる泰造が、独身だったら！　と強く、思った。文子は、母に連絡した。「母さん今日は二十代最後の誕生日だから、牧ちゃんが、お祝いしてくれる事になったの！」と伝えた。母は、納得がいかない様子だったが、文子の心は泰造の事で、いっぱいだった。当然この日も外泊をしてしまった。次の日の休日に、文子に泰造からのプレゼントが届いた！　ゴルフのフルセットとゴルフシューズとシューズケースだった。母が言った。「どう言う事？　工藤泰造って誰なの！　こんな高価な物を頂く仲なの！　お付き合いしているのだったら、父さんに、紹介しなさい！　だいたい貴女、ゴルフなんか、したことないじゃないの！」文子は、とっさに「会社の上司だから！」と言ったが、文子にも、良く分からなかった。何故、ゴルフのセットなのか？　泰造は、いつもそうだった。突然行動を起こし文子を、驚かせる。きっと理由が有るのだろうが、母に何と言えば良いのか、分からなかった。文子は、泰造にメールを送った。（誕生日のプレゼント有り難うございます。高価な物を頂いて恐縮ですが、私は、ゴルフが出来ませんので、返品して頂けないでしょうか？）すると又着信が有った。（何言ってるんだ！　これから徐々に、覚えれば良い！　来年は泊まり掛けでゴルフのプレイに行くからな!!　これから来年までに、コースに出られるように、特訓するからな！　取り敢えず月曜日に練習に行くから七番アイアンとシューズを、持って来なさい）（はい！　了解しました！）それから泰造と文子は、会社の近くのゴルフ練習場に、通う様になった。文子に取ってゴルフは初めてだった。泰造に特訓されて、文子は、幸せだった…勿論二人のゴルフの練習日は、お泊まりだった。そんな文子に、母の良枝の心配と不安は、募っていった。母親の勘が、働いた！　文子は、工藤泰造に遊ばれているに、違いない！　良枝は決心する！　明日、工藤泰造に会いに行こう!!

文子の母、良枝は文子の会社である、宇部ケミカルの近くに来ていた。良枝は工藤に対し外線電話を掛けた…オフィスで女子社員が工藤に取り次いだ…すると、やや低めの渋い声で「はい！　工藤です」と答えた。良枝は、丁寧だが、強い口調で言った。「恐れ入ります。関文子の母親でございます。突然、申し訳ございません。工藤さまに、文子の事で、折り入って、お話が有ります。今会社の近くに来ております。文子に内緒で、お会いしたいのですが」すると「はい！　承知しました。では弊社の正面玄関の前の道路を挟んだ向かい側にある、くるみと言う喫茶店で、お待ちください」良枝は、早速、その喫茶店に入り、店の出入口正面のテーブルを、わざと選んで座り工藤を待った。しばらくすると、喫茶店の扉が開いた…工藤らしき人物が入ってきた…長身で、目鼻立ちがハッキリした、その風貌に、一瞬、圧倒され良枝は、怯んでしまった。だか気を取り直し良枝は、文子を守るため！　と再び工藤に牙を向けた。良枝は工藤に言い放った。「単刀直入に、お聞きします。文子とは、どうゆう関係なのですか？　どこまでの関係なのですか？」すると工藤は、動揺もせず、淡々と答えた。「上司と部下の関係以外の何者でもない！」と言う…良枝は、更に責め立てた。最近文子の外泊が多くなった事。そもそもどうして、ゴルフセットの様な高価な物を、工藤さまから娘に、送ってくれたのか。良枝は、問い質した。工藤は冷静に答えた…上司として文子は仕事は出来るが、人とのコミュニケーションが苦手な様だから、ゴルフを通じて、皆と仲良く成れるように、指導していると言い、外泊に付いては、私の知るところではない…と言う…良枝は、思った…一筋縄ではいかない男…こんな神経の太い男に何の経験もない初な文子は、捕まってしまった…だが工藤本人が身に覚えがないと言う限り、どうにもならない…良枝は、最後に言った。「そうですか、それにしても上司と部下と言う関係だけで、ゴルフセットの様な物を、頂く訳にはいきません！ こちらを、お納め下さい」良枝は、五万円を封筒に入れ用意して来ていた。良枝は封筒をテーブルの上に置き工藤に向けた。工藤は素直に受け取った。最後に良枝が言った。「この事は、文子には内緒にしてください」…「承知しました」と工藤は言った。工藤は、良枝に言われた通り文子には一切この事は、言わなかった。工藤は何事も無かったように文子をホテルに誘った。良枝は、文子の外泊が、多くなっている事を、夫である幸太郎に、文子を庇い言い訳をしてきたが、もう限界だった。だが！ 父親である幸太郎も、さすがに文子の外泊に不信感を抱いていった。

父、幸太郎もさすがに文子の外泊の多さに、不信感を抱いた。夕食も済ませた、ある日寛いでいた文子に、父幸太郎が言った！「文は、誰かと、お付き合いしているのか？　…それにしても、親に挨拶に来る前から、文子を外泊させる男なんて感心しないな！　何処の誰なんだ！」「えっ!!　別に付き合っている人なんて居ません！　この頃、職場の人達と、ゴルフを始めたので夜遅くなってしまって!!　ビジネスホテルに、泊まってしまっているだけです」文子のその物言いに対し平気で嘘をつける事に、母、良枝は、愕然とする…あの素直で正直な文子が……こんな文子に、なってしまったのは、全てあの工藤泰造の影響に違いないのだ!!　と思い良枝は、腹が立ってきた！　良枝が口を挟んだ。「嘘、おっしゃい！　あの工藤泰造とか言う男と付き合っているんでしょう！　あの男は、駄目よ、絶対駄目よ!!　別れなさい！」すると父が言った。「母さん！　母さんらしくないな、頭ごなしに、とにかく、その工藤さんとやらを、私達に紹介しなさい！」すると又母が言った。「お父さん！　紹介なんて出来るわけ無いんですよ！　工藤と言う男は、文子の上司で、家庭を持っている人ですよ!!」「何だって!!　家庭を持っている、男なんて、言語道断だ！　まさか文子が…どうゆう事だ……人様の家庭に迷惑を掛けるような事！　絶対、許さんぞ！」文子は、反論せずただただ沈黙した。父に、怒鳴りつけられる事より文子は、母の言葉が気になった……あの男！　とか家庭を持っている男！　とか…まるで泰造に、会った事が有る様な物言いだった。文子が口を開いた…「母さん彼に会ったの？」「ええ!!　会いましたよ！　貴女の会社まで会いに行ったわよ！　……貴女の事が心配で…でも！　あの男は、文子の事など少しも、大事に、思ってない、実のない男です！平気で嘘のつける信用出来ない男ですよ！」「それで、母さん！　彼に何て言ったの？」「それは…貴女とは、どこまでの関係なのか聞いたんですよ！」すると文子が神妙な面持ちで言った。「分かりました！　私この家を出ていきます！」そして母良枝が言った。「そんな事！　ダメですよ！　そんな事になったら！　文が、どんどん不幸になるに決まってます！」「母さん！　もう止めて！　私の人生なのよ！　もう、これ以上入り込まないで!!」すると父が言った。「分かった！　出て行きなさい！その男と縁を切らない限り、この家には、帰ってくるな!!」……文子は、家を出た。文子は、思う…自分に取って今一番大切な、泰造との世界は文子の宝物なのだ…誰にも邪魔されたくなかった。それを、母が自分の知らないところで！　文子に取って一番大切な泰造との関係を、壊そうとした事が！　どうしても…許せなかったのだ。文子は、家族との大切な、絆を、自ら断ち切ってしまった。文子には、もう迷いはない……選択肢も無い……ただただ泰造を、愛する道を、選んでしまったのだ。

文子は実家を出て、牧子の部屋に居候をしている事、今部屋を探している事を、工藤泰造に伝えた。すると泰造が言った。「余り狭い部屋は、好きじゃないんだ。二人で過ごせるように、少し広い部屋を探してくれないか。…家賃は心配しなくて良いから！」と言われて……文子は、親友の牧子と部屋を探した。文子は、なるべく泰造の負担にならない様に比較的、家賃の安い日暮里近辺のアパートを見つけた。建物は古い五階建ての外階段だが２ＤＫのユッタリした部屋だった。牧子が文子に、ぽつりと言った。「文ちゃん、本当に、幸せに成れるのかなあ」文子は、もう後戻りは、出来ない…文子は、泰造の居ない人生は考えられなくなっていた…文子は、泰造と居る、その瞬間が幸せであれば良い！　先の事は考えたくなかった。

泰造と文子の新婚の様な、半同棲生活が始まったのだ。泰造は文子の部屋に、一日置きに、泊まっていく様になり、文子は、以前のように、同僚達の仕事は引き受けなくなっていった。文子は、泰造よりも早く帰りスーパーなどで食材を買い求め夕食の仕度をして泰造の来るのを待っていたいからだ。文子に取って泰造が、週に三日とか泊まってくれるのが当たり前の生活が続いていた…ある日、泰造が神妙な面持ちで、口を開いた…「少しの間、この部屋に来るのは止めよう！　昼飯も一緒に行くのは止めよう！」文子が問う。「えっ！　どうしてですか？　…別れると言う事ですか？」

すると泰造は答えた。「いやっ！　違う!!　お前と別れる気は無い！　会社で俺と文が、噂になっているらしい…上層部から忠告された…勿論、白は切ったが…やっぱり、少しの間は自粛しよう！」文子は、言った。「いやです！　あなたが、この部屋に来てくれないなんて！　絶対に、いやです!!」泰造が言った。「だから別れる訳では無いよ！　少しの間様子を見るだけだ!!」すると文子が静かに答えた。「分かりました。じゃあ私、会社を辞めます！　それなら問題無いですよね！」泰造は、戸惑いながら言った。「それは、そうだが…」文子が、続けて言った。「私、あなたに会えないくらいなら、全てを、捨てます！」泰造は文子を、引き寄せ、二人は、そのままベッドへと、崩れていった。文子が泰造に、抱きつき言った。「好きっ！」すると泰造も文子の耳元で囁く様に言った。「俺もだよ…」。

三ヶ月後、文子は、自主退職をした。文子は、道ならぬ恋の為に自分の身から色々な、ものを失っていった。文子は、正式に、再就職する事は無かった。泰造の為に生きていくと決めたからだ。泰造の為に、食事の用意をしたり、泰造に合わせて生活をしたい！　そんな気持ちで都合の良いパートの仕事を探し、スーパーの、早番専門のレジ打ちの仕事を選んだ。スーパーであれば帰りに必要な食材を、買い求められるからだった。

そして文子は、頭のどこかで泰造の奥さんの存在を意識し、奥さんより、美味しい料理を、作りたい！　泰造に、そう思われたい！　…泰造の奥さんより…奥さんらしい、自分になりたい！　と思ってしまった…。文子の中の秩序が…曇っていった。

泰造と文子は、まるで夫婦の様な生活を送るようになっていった。そんな日々の中、二人がベッドで、愛し合った後文子がベッドを離れて、食器等を洗っていると…泰造がベッドの上で、寝そべったまま、ぽつりと一人言の様に呟いた。「俺…今が一番幸せ…」その言葉を聞き、文子は嬉しくて、涙が溢れた…（この人に取って私と一緒に居ることが、一番幸せ!!　と言う事なんだ！　家族と居るときよりも、私と一緒に居るときが、一番幸せって事！）私達は、出会うべくして出会った二人！　と文子は信じた。文子は自分の人生を…見失っていく…。泰造との暮らしが日常になっていき、もう直ぐ三十歳を迎えようとしていた。ある日久々に牧子から連絡が有った。「もしもし！　文ちゃん！　久しぶり！　私、私ね!!　プロポーズされた！　生まれて初めて、プロポーズされたよ！」「えっ！　本当!!　良かったね」「うん！　ありがとう！　彼ねパイロットなんだ。色々喧嘩もしたけどね…彼は世界を飛び回っているから、留守にする事も多くて、私みたいに、しっかり者だと安心してフライト出来るし、任せて安心だ！　と言ってくれたの。でね私、やっぱり三十前に結婚したくて！やっとキャンセル待ちして式場の予約が取れたの！　でね急なんだけど来月結婚する事に、なっちゃった！　勿論、文ちゃんに友人の挨拶をしてもらいたいんだけど！」文子は、答えた。「あーちょっと、挨拶は…」「そっかぁ…そうだよね、文ちゃん人前で話すの、やっぱり嫌だよね…じゃあ文ちゃんに私達の一番前の席を用意するからね！　式場は、新宿のハルトン東京。招待状出すね！」

文子は、思った…（とうとう牧ちゃんにも置いて行かれちゃった）…皮肉にも式場は、泰造に初めて食事に誘われ、すき焼きを食べた、あのハルトンホテルだった。結婚式当日、ハルトンホテルに入り、文子は懐かしい思いにかられた。泰造と、すき焼きを食べ、おしゃれなバーに入りその後…初めて泰造に愛された夜…文子は、ふっと我に返った。そして斎藤家と安田家の受付で、受付をして披露宴会場に入り、指定された席に座った。席の両側とも見知らぬ人だった。女性達は華やかなゲストドレスで身をまといキラビヤカなアクセサリーを付けていた。が、その華やかさは、一瞬にして、色褪せた。新郎、新婦の入場である。会場が、ざわめき、拍手が一層大きくなる！　そう絵に描いたような新郎新婦だった！　新婦の牧子は、色白で、大きな瞳のウエディングドレス姿は、まるでフランス人形の様だった！　新郎も又長身で、世界を飛び回っているだけあって、日に焼けた肌にタキシードが良く似合っていた！　まるで!!　モデル同士の様な新郎新婦だった。その華やかさに、文子は、自分が惨めな姿の様な、気がした…。親友の結婚を、心から、喜べると、思っていたいのに…。どうしてなのか…辛い気持ちになった…この場に、この会場に、居ることが、なんだか惨めになってしまっていたのだ…その時だった！

牧子の結婚式も、終盤になった時！　メールの着信があった…泰造からのメールだった。（結婚式は何時頃、終わる？　今、文の部屋に居る、早く帰っておいで）と有った。文子は、驚いた。今まで泰造が文子の部屋に、日曜日に来ると言う事は無かったからだ。どうして？　と言う気持ちも有ったが、文子は、救われた様な気がした…披露宴も終了となり文子は会場を出る。会場の出口で新郎新婦が並んで文子の手を握った…文子は、後ろが詰まっていたのもあり　おめでとうを言いそびれた…。ロビーで親しい人だけが集い新郎新婦もロビーに出ていた…新婦の牧子に近付く事もなく、文子はホテルを後にした…とうとう文子は、牧子に（おめでとう）の言葉を掛けられなかった。文子は泰造の待つ、家路へと急いだ。この日、工藤泰造が文子の部屋に来たのは、二次会に行かせたくない、と言う目論見が有ったからだった。文子と、牧子…地味で健気な文子、活発で気丈な牧子、平凡な幸せを掴んだのは、牧子の方だった。そんな牧子から礼状のハガキが、送られて来た。新婚旅行の写真入りのハガキだった。ハガキには牧子は来年の今頃は…お母さんになりまーす！　と書いてあった。もう牧子のお腹には第一子が授かったらしい。文子は、牧子の人生が目まぐるしく変わり進んで行くのを感じた。つい、この前まで二人で、チェーン店の居酒屋で酒を酌み交わし、牧子が言った。「私達が、このまま独身だったら、二人で一緒に、暮らそうね」と言っていたのに、来年は、お母さんに成ると言う。文子は、自分だけが置き去りにされ…同じ場所に居るような、気がした…。文子は、相変わらず泰造と半同棲生活をする中、泰造は日曜日や祝日に文子の部屋に、来る事は無かった。そうあの牧子の結婚式の日以外は、…実は、文子は日曜日に、いつか泰造が文子と二人でデートをする事が有るかも知れないとパートの仕事も、なるべく日曜日に休みを貰っていたのだ…そんな文子は、店の店長には、余り良い印象は持たれなかった。文子は以前と違って仕事に対する責任感も、余り無くなっていた。そんな文子には、泰造との秘めた関係の事もあり、友達も居なかった。家族とも、疎遠になっている文子はパートの休みの日曜日は、一人ぽっちで…ふつふつとした時を過ごしていた…考える事と言えば泰造の事ばかりである。そんな中文子は妄想する…（泰造が文子の部屋に、週に三日も泊まっている。それを奥さんは、どう思っているのだろう？　…きっと自分の存在に気付いているに違いない！　だとしたら、子供達が成長したら。離婚を望むかもしれない！　いえ！　きっと！　そうに違いない！）等と考えている内に、泰造の自宅に、電話を掛けてみたい!!　と言う衝動にかられた！　以前文子は、宇部ケミカルに勤務していた時に泰造の自宅の電話番号と住所を把握していたのだ。文子は携帯に手をやった。ついに泰造の自宅に電話を掛けた！　すると、弾む様な、かん高い声で「はい!!　工藤でございます！」奥さんらしき女性が答えて来た！　文子が想像していた感じと、全く違っていた。もっと静かに…不幸そうに悩んでいる感じで答えて来ると、思っていた。文子は無言のまま電話を切った。文子は、思い知らされる。泰造には、確かに、奥さんと言う存在がある！　と言う事…それは紛れもない事実だった。

文子が泰造の自宅に、無言電話を掛けてしまった事に、泰造は、気付いていない様子だったが…それが何だか空しい様な気がした。文子は今まで生きてきて泰造との、この半同棲生活が、一番、幸せを噛み締めることが出来る！　と、思ってはいるものの…自分だけが取り残され…時が止まったままである様な不安を感じていた。そんな泰造との日々…泰造は休み明けの月曜日には、必ず文子の部屋に、来て泊まって行った。だが、そんなある日の月曜日に、メールで（今日は食事は、要らない。用意しなくて良いからね）と着信が来ていた。文子は、また、サプライズでレストランに連れていってくれるのかも知れないと、思いつつ泰造が来るのを待っていた…。すると泰造は部屋に、来るなり、文子を押し倒し、文子を抱いた…。そして早々に服を着だした。えっ！　と文子が言った。「どうしたの？」と文子が問うと泰造が言った。「うん！　悪いが今日は帰る！」「えっ！　どうして！　今日は月曜日よ！」すると泰造が言った。「うん！　次男の誕生日なんだよ！　又明日来るから！　明日は、ゆっくりしよう」と言って、部屋を出ていった…。文子は一人部屋に、取り残され…空しさが込み上げてきた。文子は、思う…（私って!!　何なの！　この部屋を、望んだのは！　貴方でしょう！）と言いながら、床を叩いた。文子は、泰造に電話を掛けた。すると泰造が電話に出て言った。「今！　高速!!　運転中！」そんな事は、分かっていた。運転中なのは、承知で、掛けたのだ！　文子が言った。「戻ってきて！　今！　直ぐ！」泰造が言った。「だから！　高速!!　走っているんだよ!!」すると文子が言う！「分かりました！　戻ってきてくれないのなら！　もう、この部屋には二度と来ないでください！」続けて泰造が言った。「なんだよ!!　分かったよ！　今、戻るから！　待っていろ!!」えっ!!　戻ってきてくれるんだ！　…文子は、安堵する。泰造は、かなり、怒っている様子だったが、戻って来ると決めてくれた事が、嬉しくて！（やっぱり！　この人を信じて付いていこう！）と文子は、決心する。泰造は、文子の部屋に戻ってきた。二人は激しく愛し合い…朝を迎えた。文子と泰造は、お互い居て当たり前の関係になっていった。以前の様に旅行に行く事もなく、外食に行く事もないが、文子にとっては二人が本当の夫婦の様になっていく、気がした…古女房扱いされる事も、嬉しく思えた。そんな生活の中…久々に、牧子から連絡が来た…。既に牧子は二児の母になっていた。折り入って話が有るから、会いたい、と言う…。都内のホテルのラウンジになっているティールームで待ち合わせをした。文子は、先に席に着いていた…すると、カジュアルな格好をした、牧子が手を振りながら、近付いてくる。以前のような、栗色の巻き髪は、ショートになり、フレアーのミニスカートから、覗いていた美脚は、ジーンズで隠されていた。あの、おしゃれな牧子は、すっかり、若い、お母さんに、なっていた…。ふっと文子は、時の流れを感じた。牧子は席に着くなり、落ち着かない様子で、早々に、ウェイターを呼び、冬だと言うのに、アイスティーを、注文する。

久々に会った牧子は、すっかりお母さんが板についている様子だった…そんな牧子が、文子に向かって言った。「文ちゃん！　久しぶり！　文ちゃん全然変わらないね！　私なんか、どんどん、おばさんに成っちゃうわ！」文子が問う。「今日、お子さん達は？」「実家に、預けて来たのよ！　男の子二人でしょう。しかも年子だから、毎日戦争よ！　実家の母も、一人じゃ見切れないから、早くしてね！　なんて言われちゃうし。子供達相手だと、一分も、落ち着いていられないの！　早く幼稚園に、入園して欲しいわ！」文子が再び言った。「それで私に、折り入って話って何？」「あっそうそう」と言うと牧子は、トートバッグに手を入れて、中から何やら写真らしきものを、取り出して文子に言った。「この人なんだけどね！　家の旦那の、先輩パイロットなんだけどね！　この人若い時に婚約者だったキャビンアテンダントだった彼女がね、結婚式を、控えてた一ヶ月前のフライトの飛行機事故で亡くなってしまったらしくて、それから女性とは、一切お付き合いしなくて、勿論、お見合いも全て断ってきたのよ！　自分もいつ事故に見舞われるか分からないし自分と同じように悲しい、思いをさせたくないと思ってたらしくて！　でも今年から、教育の教官になって、寄り添え合える人と出逢えたら結婚したいと、思ってるらしいのよ！　年齢は少し離れているけど、とっても優しい人なの！　絶対、文ちゃんに、ぴったりだと思って！　一度会ってみない？」すると文子が答えた。「えっ！　だって！　私には、彼が居るから！」すると牧子が言い返した。「文ちゃん！　まだ、そんなこと言っているの！　彼には家族が居るのよ！　奥さんも、子供達の存在も、消しゴムで消す様な訳にはいかないのよ！　どうにもならない事は、いつまでも経っても、どうにもならないのよ！」すると文子が言う。「私、あの人じゃなきゃ駄目なの…ごめんなさい」と文子の返事が言い終わらない内に牧子が言った。「そう！　分かったわ！　…でも一言言わせて貰うけど。私結婚して子供を産んで、分かったんだけど!!　夫婦の絆って!!　そんな脆いものじゃ無いわよ！　結婚して子供が産まれて、共に喜び合い、子供が夜中に熱を出して二人で真夜中に病院に駆け込んだり、初めてのハイハイを喜んで初めてママ!!　パパ!!　と呼ばれて一緒に喜んで。そしてこれからも初めてのランドセルに感動したりするのよ！　それに工藤さんの奥さんは旦那が留守の間も朝早く起きて朝食や、お弁当の用意、旦那や子供達の洗濯、独身の時の私達と違って洗濯や食器洗い四人分五人分とするのよ！　独り分と五人分では、大違いなのよ！　奥さんが家の中の事、一手にしてきたから、工藤さんも安心して会社に行けているのよ！　そんな奥さんを消えれば良い、と思わなければならない立場に居るのは、もう、やめてよ!!…気が変わったら連絡して！　子供達が待っているから帰るわね！」と牧子は、言いたい事を言って、帰っていった。いつも文子の味方だった…頼もしい牧子だったのに、まるで文子は、主婦の敵！　自分の敵！　の様な言い回しをされ……文子は、牧子に心で、さよなら…を言った。文子と牧子の、生きる道が、大きく分かれた瞬間だった。文子は、たった一人の泰造の為に、大切なものを、ひとつ、ひとつ捨てていった。

文子の、たった一人の親友、牧子とも心で、さよならをした。文子に取っての生き甲斐は、工藤泰造、唯一人となった…。文子に取って…泰造と別れる事は、生きるのを…やめる事なのだ。

そんな文子は、スーパーの仕事も、板についてきた、ある日、スーパーの大売り出しの日に残業を頼まれた…その日は泰造も来る日では無かったので快く引き受けて、丁度休憩時間となり、休憩をしている時だった。携帯の電話のコールが鳴った。えっ！　誰？　泰造からだった。（文！　なんで？　居ないんだよ!!　男と、会っているのか！）電話の向こうの泰造は、かなり酔っている様子だった。文子は、答えた。「違いますよ！　何言っているんですか!!　スーパーの大売り出しで残業になったんです！」すると泰造が言う。「帰ってこいよ！　パートの時間は、終わっているんだろう！　俺より仕事の方が大事なのか！　今すぐ帰ってこいよ！」文子が答えた。「分かりました。今帰ります」文子は、課長に、どうしても帰らなければならないと、言い訳をして、泰造の元へと急いだ。文子が部屋に着くと、泰造が玄関の出入口で、携帯を耳に当てたまま、高いびきで爆睡していた…。文子は、泰造の大きな体を、やっとの思いでベッドに運び、服を脱がせて毛布を掛けた。すると、突然、泰造が「文！　水！　風呂！」と大きな寝言を言って、また眠り続けた…。この頃、泰造は酒に酔って、文子の部屋に来ることが、多くなっていた。だが文子は、酒に酔って子供の様に駄々をこねる、泰造が好きだった。自分だけに甘えてくる泰造に満足だった。そして泰造の脱がせた衣服を片付けようと上着をハンガーに掛けようと拾い上げた、その時だった！　ふっと、香水の良い香りがした。文子は、呟いた。（まぁ会社の付き合いで女性のいる店に行ったのだからしょうがないな）と、思いつつも何故か上着の内ポケットに手を入れた。すると、その内ポケットにピンク色の小さなメモが入っていた！　そっと開くと、携帯の電話番号が書いてあり、更に…絶対！　必ず電話してね！　待ってるねハートマーク　エミより　泰造くんへ！　…と書いて有った。文子は、思った…きっと、この女が一方的に泰造に好意を持ったに違いない、と！　だが文子は、一睡も出来ず…夜が明けた…するとベッドの隣で寝ていた泰造が目を覚まし…いつもの様に…「ふみー」と文子の名を呼びながら、文子を抱き寄せ、文子の胸を掴み抱こうとした…すると文子は、「やめて!!」と泰造の手を払いのけた。すると泰造が言った。「なんだよ！　どうしたんだよ!!」すると文子が泰造の前に、メモを差し出し、メモを見せた！　…泰造が言う。「何だよ！　これ！」そして文子が言う。「あなたの上着の内ポケットに大事そうに入っていました」すると泰造が言った。「何だよ！　くだらない！　飲み屋の女だよ！　お前とは、違うだろう！何言っているんだよ！」「この娘？　いくつなの！」「あー二十二？　三じゃないのかぁ」文子が言った。「そんなに若い娘なんですね！　そうね、私はどうせ！　おばさんですから！」すると泰造が言う。「お前を！　おばさんなんて！　思ったこと一度もないよ!!」「じゃぁ私は貴方のなんなんですか？」泰造が答えた。「お前は！　俺の女だ！　俺だけの女だよ！」文子は、何も言えなくなった…（俺の女！）…女性を卑下する言葉だが、文子に取っては嬉しく思える言葉であり体を熱くさせ溶けそうな衝動にかられ泰造に抱きついた！　二人は激しく愛し合った。

文子と泰造の時が静かに流れて行く…二人は、すっかり夫婦の様な関係になっていった。お互い一緒に居て当たり前の存在…そんな日々だった。文子と泰造は一緒に居ても、お互いほとんど会話もしない。文子は、文子で炊事や掃除、雑用などをしている。泰造は寛ぎながら新聞等を読んだりしている。いわゆる空気の様な存在だった。そんな日々の、ある日、突然、母から電話が入った。「もしもし！　文！　父さんが、倒れたの！　入院したのよ！」…母の弱々しい…声だった。文子は、すっかり忘れていた…母の存在、父の存在…家を出た、あの日から一度も連絡を取ってなかったのだ。常に泰造のことで精一杯の生活だった。文子は、実家を出たのが昨日の事の様に思えていた。でも、もう十年近い月日が経っていた…。父は、突然脳出血で倒れた、との事だったが…文子が…見舞いに行く…間も無く、父は、入院して一週間も経たない内に、呆気なく他界してしまった。文子は、生前の父には、あの日以来会うことはなかった。それと言うのも父の言った「工藤と別れるまで帰って来るな！」と言う言葉が文子を実家に足を向けさせなかったからだ。父の葬儀は自宅葬とした。弔問客は父が教師だった事もあり、二百人近くになった。庭や玄関から溢れていた。やがて親族だけで火葬場に向かい骨となった父を母が大事そうに抱えて自宅に戻り身内だけが残っていた。文子は、父が逝ってしまった…のに、父が死んでしまったと言う実感がわかなかった。別の世界の事の様な気さえしてしまう。文子は、そんな自分を冷酷な人間だったのかと、戸惑ってしまっていた。そんな中、母の衰弱した後ろ姿を見て一回り小さくなった気がした。文子は、母に声を掛けようとしたが…今の自分には切っても切れない泰造の存在がある事が母に声を掛ける事をためらわせた。そんな中、兄の子供の下の子が疲れてしまったのか座布団を重ねて寝入っていた。文子は、奥から毛布を取って来て被せて頭をなぜようと手を伸ばした、その時だった！　甲斐甲斐しく給仕をしていた義姉の玲子が、通りすがりに言った。「私の子に触らないで！」えっ！　…どう言う意味なのだろう…不倫をしている私は汚れていると言う意味なのだろうか？　そんな汚れた手で触るな！　と言う事なのだろうか…。文子は、思った。もうここには居られない！　…。今夜は泰造が待っていてくれると、言っていた。文子は、泰造の待つアパートに帰ろうと、立ち上がり玄関に向かい靴を履いた…。すると背後から「文！」と母の声がした。「体だけは大事にしなさいよ！」文子は、振り返る事なく、言った。「母さん！　ごめんなさい」そして文子は、家を出た。

文子は、父を亡くした悲しみより自分の立場の惨めさを感じていた…。父の納骨も済ませ数日が経っていた…そんな折、兄の幸一から連絡が有った。折り入って文子に話があると言う…。兄が初めて文子の部屋を訪ねて来た。兄の幸一が口を開く…「単刀直入に言うが父の残した財産の全てを、まず、母さんに委ねて欲しい」との事だった。その為に文子の署名と印鑑が必要、と言う事の様だった。母を、このまま一人にしておくわけにはいかない、と言うことと、兄夫婦が住むマンションでは、子供達三人が成長していくに当たり手狭になってしまう、と言う事で、実家を改築し母と、兄の家族が、一緒に住む、と言う事だった。文子は、承諾した。何故なら、文子は、母と一緒に住む事が出来ないからだ。文子は、どうしても工藤泰造と、別れる事が出来ない！　…まるで、鎖に繋がれてる様だった。

文子は、心で呟いた。（兄の家族と、母が一緒に住むと言う事は、現実的に、母に会いに行く…事は出来ない）文子は、自分を汚い…不潔な人間と、思っている義姉と自分を恥ずかしい妹と思っているだろう兄！　…そんな兄夫婦だからだ!!　そんな文子は、家族…親友、と失って行き…前にも増して、工藤泰造に、依存していった。

皮肉なもので、泰造の方は、徐々に、文子と距離を置くようになって行った。泰造は文子の部屋に、週に、二、三回は訪れるのだが、何故か以前のように泊まって行かなくなっていた。夕食を済ませ夜が更けていくと「帰る！」と言い出し夜中に帰っていく。文子が、どんなに、止めても何だかんだ言い訳をして帰っていく。たまに泊まっていく時は会社の飲み会などで酒に酔っている時だけだった。文子の中で、何かを感じた…今までに比べて泰造の態度が、何となくよそよそしい気もした。一緒に居ても、心、此処に有らず、と言うような寂しさを感じてしまう…泰造は訪ねて来てくれても、夜中になると、落ち着きがなくなり「じゃ！　帰るよ！」と言い出し帰っていく。文子は、自分と泰造の間に、第三の女性が居るように思えてきた。文子は、直接、疑惑の思いを泰造に、ぶつけたい！　だが文子は、止まっていた…何となく、今、そんなことをしたら、泰造に、別れを、告げられてしまう、気がしたからだ。

泰造との暮らしの中、泰造が文子の部屋を、訪れるのが、週に二回……一回…と減って行く。泊まらずに帰ってしまう…どころか、部屋に来てくれるのが、どんどん少なくなっていった。そんな中、文子は、ある日、そう丁度夕飯時の時間帯に、思い切って、泰造に電話を入れた！　すると泰造が電話に出た。「あー今！　麻雀中」それだけだった…それだけで電話を切られた…。文子は、泰造が本当は、冷たい人間だったのかも知れないと思えた。麻雀？　文子は、思い出した。一年位前に、新しい部長が？　麻雀好きで付き合わされる、と言っていた事を。それで文子の部屋に来れなくなったのかもしれない、と文子は、思いたかった……。だが、それならそれで麻雀が済んだ後、どうして来てくれないのだろう…文子は、どんなに遅くても真夜中でも、泰造を喜んで迎え入れる事は分かっている筈なのに…と　くどくどと文子は、色々な考えに更けていった。そんな中、泰造と文子は、疎遠になっていった。文子は、不安だった…このまま自然消滅してしまうのではないかと。かれこれ十年以上付き合ってきたのに！　そんなに男と女とは、呆気ないものなのだろうか……。文子は、思った。泰造に、電話を掛けても適当にはぐらかされる…だけ、直接泰造に会って話したい！　泰造に会いに自分から会社の勤務が終了する頃、行ってみよう！　と決心する。

文子は、かつて二十代の頃に勤務していた、宇部ケミカルの正面玄関に、立っていた。懐かしい、思いが、込み上げてくる。文子は、そこで改めて気付いた、何となく夢中で、ここまで来てしまったが、すでに部外者である。文子が駐車場に入れる訳もなく、現実的に駐車場で泰造を待つ事は不可能だった。文子は、漠然と一人立ちすくんで居た。すると、遠くから、声が聞こえて来た。「関さん！　関さんじゃない？」ふっと振り返ると。それは、かつて同僚だった杉本美智子だった。「やっぱり！　関さん！　懐かしい!!　お互い老けたわねぇ、関さん！　今日はどうしたの？」文子は、答えた。「えっ今近くに来る用事があって！　懐かしくて会社の前で立ち止まってしまったの」「そうだったのぉ。私はまだ、この会社にしがみついて居るわよ！　そうそう！　あの頃、関さんには良く娘の事で色々仕事、代わって貰ったわよね！

その娘は来年は成人式よ！　お互い年を取る筈よねぇ！　関さん、結婚は？　したんでしょう！」「えっ、まぁ」「で、お子さんは？」「あっ、居ません」更に杉本が「そうなのぉ。だったら、関さんほど仕事出来る人が辞めることは無かったわよねぇ！　あんな噂さえ無ければねぇ！　あんなの、ただの噂だったのにねぇ！　関さんが辞めてから、皆仕事が大変で。関さんが如何に色んな仕事を、こなしていたか、思い知ったわよ！　そうそうあの頃課長補佐だった工藤は今課長になったけど…あの人は課長止まりね！　何てったって、女癖が悪すぎるのよ！」と。文子は、わざと質問した。「えっそうなの？　私、憧れていたんだけど」「えっそうなのぉ？　あの男は、関さんが憧れる価値ないわよ！　あれからね、会社の近くにパブスナックが開店したのよ。案外広目で十人位まとめて入店出来ると言うこともあってうちの会社の御用達みたいに、なっちゃってさー！　その店の二十歳位の女の子が課長に夢中になっちゃって、付き合ってたらしいんだけど。二年位経って、その娘が、うちの会社の社員の席に付く度、「私!!　工藤さんに、振られたの！　捨てられたの！　遊ばれたの！」って言いふらして、大変よ！　結構可愛い娘だったんだけどねぇ！　確か、エミとか言ったかなぁ。でね！　その娘が課長に振られた原因が、どうやら部長に誘われて行っていた麻雀屋に勤めている女と出来ちゃったらしいのよ。最初は部長に誘われて行っていたのが、その内自分でメンバーを集めて、毎日のように行くようになって。今では同棲しているって噂よ！　又その女性が妖艶な感じなの。私一度課長が忘れた書類を届けに、その麻雀屋に行ったことがあるんだけど。年齢は結構いってるみたいだけど、女の私でも、ゾックっとするくらい妖艶な女性だったわよ！　あっ！　もうこんな時間！　長話し過ぎた。関さん！　こんどゆっくり、お茶しよう！　メール交換しよう！」と、メールを交換して別れたが、文子は、頭の中が、真っ白になっていた！　何処をどうして、部屋に戻ったのか記憶もなく…ただ文子は、部屋に戻って、泣き崩れた。そして三日間も寝込んでしまっていた。

文子は、寝込んでしまうほどの大きなショックを、受けたが…やっと冷静さを取り戻した。やがて色々考え出すと、やはり文子に取って、麻雀屋の女が大きな存在だった。その麻雀屋の女のせいで泰造の行動が理解できなかったのだ！　文子は、謎が解けてきた。泰造が文子の部屋を訪れて夜になると帰って行ったのは、その女の勤務が終了する時間を見計らって帰って行ったに違いないと……。だがやがて泰造はそんな時間潰しにも来なくなっていった。二ヶ月に一回位会社の飲み会か何かで酔い潰れた時に訪れるだけだった。文子は、思った。（私も、そのエミという娘の様に、遊ばれて捨てられた…と言う事なのだろうか…）信じていた！　信じていたのに！　誰よりも信じていた人が…そして…その人との愛が幻だった！　昨日まで信じて付いてきた事が、無になった！　と知ってしまったとき人は、どう生きていけば良いのか！　神様！　教えてください。と心で叫んだ。

文子は、途方に暮れる。夜も眠れない日々が続いた…。文子は、やがていくら信じても相手の心変わりは、どうする事も出来ないと…思い始める。愛する人の心変わりは、こんなに辛い事、なのだと、思い知らされる。例えば貴方が、不慮の事故で死んでしまったとしたら、遠い貴方を、愛し続ける事が出来る！　でも！　心が変わってしまった貴方を、愛する事は……空しい事ですね。と文子は、呟いた。文子は、悲しみの中、明日…四十五歳の誕生日を迎える。文子は、決心する。明日…泰造に連絡を入れよう！　そして絶対、会って貰おう！　…と。……。翌日文子は、パートの仕事を終え、夕方五時には部屋に戻った。文子は、最近、自分から電話を入れていない…以前電話を掛けたときに（只今、電話に出ることが出来ません……）と流れてきたのだった…そして泰造から折り返しの電話はなかった！　メールを入れても返信は来なかった…。それ以来文子は、連絡を入れる事が辛かった…。だが今日は、どうしても連絡が取りたかった！　文子は、夕方六時になったら掛けようと思いつつ、六時まで待ちきれず、携帯を手にする。すると泰造が電話に出た。「あーどうした？」文子は、戸惑いながら「あっ！　私です、文子です」泰造が答える。「あー珍しいな」「あっ！　あの今日は私の誕生日なの！　今日、会いたい!!」すると「あっそうか！　今日は無理だな、これから病院だ、健康診断」文子は、思った…そんな訳はない！　案外泰造は、嘘が下手だった。文子が言った。「健康診断って、普通午前中じゃないの！　嘘なんでしょう！　これから、あの人と麻雀屋の女と会うんでしょう!!」すると泰造が焦った様子で答えた。「何言ってんだ!!　お前に関係ないだろう！　切るぞ!!」すると文子が言った。「待って！　切らないで！　そのまま聞いていて！　私!!　これからベランダから飛び降ります!!　よーく聞いてください！」そう言うと文子は、ベランダを開けてフェンスを乗り越えようとした。すると泰造が言った。「分かった！　分かった！　今度時間作るよ！　又連絡する！」と言って泰造は電話を切った…。文子は携帯を、耳に当てたまま……泰造の言葉が耳から離れない…お前には関係ない！…今度時間を作る…。この二つの言葉が刃物の様に胸に、突き刺さった！　もう私は彼に取って、関係のない女…そして私に会うことはわざわざ時間を作ること……そんな存在に、私はなっていた…。

文子から掛けた最後の電話…泰造が言った…時間を作り、会いに来る…と。だが泰造は、あれから一年経っても文子の部屋を訪れる事は…なかった。勿論、電話も…メールの着信も…何の音沙汰もなかった。

だが文子は自分から連絡を取る事は、しなかった。連絡を取る事が怖かったからだ…決定的な別れを告げられる…と思ったから…それとも着信も拒否されるかも知れない！　そんな事を、思うと、怖くて電話も掛けられず、ただただ泰造を待ち続ける…日々だった。

それから一年、二年と、時が過ぎていく頃には、泰造が言った「今度！　時間作るよ…」と言う言葉に！　あんなに傷付けられたのに、今の文子は、その言葉に、すがっていた…「今度！　時間作るよ！」…確かにあの人は、そう言った！　そう信じて文子は待ち続けていた。

そんな折、突然、兄の幸一から電話が掛かってきた。「もしもし」「あっ！　文子か！　母さんが！　母さんが！　肺炎を起こして…昨夜…他界した」「えっ！　嘘！　嘘でしょう!!」兄が言った。「急だったんだ！　ずっと風邪気味だったんだが…病院に連れて行ったときには、もう遅かった！　高熱を出して。昨夜…逝っちまったよ！」……文子は、愕然とする…文子は、父の葬儀以来、母に会っていなかった。母に逆らい、泰造との関係が続いていた事。父の葬儀の日に義姉が、自分を敬遠していることを、知ってしまった事もあり、父の一回忌、三回忌、と欠席してしまっていたのだ…親族に対しても、未だに結婚もしてない自分は、招かざる客、のような気がしていたからだった。

　母の葬儀は親族だけの、密葬になった……母の棺を兄の子供達が囲んでいた。「おばあちゃん！　おばあちゃん！」と棺の母を覗きこみ、泣きじゃくっていた！　…。文子は、思った…いつの間にか、私の母は、孫たちの優しい、お祖母ちゃんに、なっていたんだなぁ…母は、私にとって、とっくに、遠い人になっていたのかも知れないと…。文子は、母を亡くした、悲しみと、孤独を感じた。その時、「ふみちゃん！」と母の声！　と思ったら母の妹である叔母の、利枝が、声を掛けてきた。「ふみちゃん！　お母さんの顔を見てきて！　お別れしなさい!!　姉さんは、昔から、文ちゃんが、可愛くて！　可愛くて！　いつも誇らしそうに言っていたのよ！　…文はね素直で、優しいのよ！　…ってね。幸一が可哀想な位、文ちゃん！　文ちゃん！　…早く、お別れしてあげなさい!!」文子は、棺の中の、母の顔を覗きこみ、心から（母さん！　ごめんなさい）と懺悔した。この時文子は、自分が、いかに、我が儘で、身勝手だったか、思い知った。母や家族に支えられていたのに、自分だけの為に、生きてしまった、人生だったと悟ったのだ。

母が他界して、四十九日も過ぎ納骨も無事済ませ…約一ヶ月が過ぎようとしていた…そんな時また兄が訪ねてきた。兄の幸一が文子の部屋に入るなり、文子に言った。「これからは、俺達夫婦で父と母の墓を守り、仏壇を守っていく。ついては今度の一周忌、三周忌とこれから続く十三周忌と営むつもりだ。そして母さんと暮らした自宅も、このまま俺達家族で守っていく。ついては母の遺産の相続の文子の分を辞退して欲しい」との事の様だった。つまり文子に辞退を承知する署名と捺印をして欲しいとの事で文子の部屋を訪ねて来たのだった。文子は、承諾した。自分のように、母の期待を踏みにじってしまった身の上で、相続する資格も無い、と思っていたからだった…。兄がまた口を開いた。「悪いな…玲子がうるさくて…あっそれからこれだけはお前に渡そうと、持ってきたんだ！」すると兄は内ポケットから、一通の通帳を取り出し、文子に手渡した。

文子がたずねた。「えっ！　これは？」するとと兄の幸一が答えた。「お前名義の預金通帳だよ！　母さんが、お前が家を出て行ってから、へそくって少しずつお前名義で預金していたんだ！　百万近く有るようだ。母さんは最後の最後まで、お前の事ばかり心配していたよ！　玲子には言えないが、母さんが、最後に言った言葉は、文子の事頼んだよ…あんたは、お兄ちゃんなんだからね！　頼んだわよ！　ってさ!!　昔からそうだった。母さんは、文子が生まれてからは（お兄ちゃんなんだから！　文ちゃん、守ってあげてよ！）とか、そうあれは、俺が中学生の時だったなぁ…友達と約束していたから、出掛けようとしていた時だったなぁ（幸一！　今日は、文ちゃんのテストが間違っていた所を教えてあげてよ！　友達と妹と、どっちが大事なの！）って言われて、妹なんか生まれてこなきゃ良かったのにと、思ったもんだよ！　そんな母さんだったよ」と言って兄は部屋を出ていった。

文子は、知らなかった。兄がそんな風に、思っていた事。幼いときから兄は、全てが自分より優っていた。いつも成績がトップの優等生で、自分と違って友達も沢山いた。そんな兄が、自分を羨んでいたなんて！　……。文子は、母が残してくれた通帳を、握り締め、涙が溢れた。母を亡くした寂しさが込み上げてきて、大声で泣きじゃくった。

文子は、母を亡くした事で自分は人生を、大きく踏み外してしまった様な不安を抱えた。が、母を亡くした文子に取って、工藤泰造の存在だけが、頼りになってしまった…前にも増して泰造に執着していった。文子は、来る日も、来る日も、泰造を待ち続けた！　今日こそは！　今日こそは！　と一分、一分を待ち続けた。

母を亡くした文子は、来る日も、来る日も、泰造を待ち続けた…だが工藤泰造は、文子の部屋を訪れる事はなかった。文子は、感じ始めていた…（もしかしたら…あの人は、もう、この部屋に来ることは、二度と無いのでは、ないか…）そんな日々のなか、ある日、新聞の折り込みのチラシに、居酒屋の食器洗い募集の、広告が入っていた。そこには夕方十八時〜二十四時位までと書かれていた。この時間帯が文子に取って一番辛い時間帯だった。パートから帰り夕食の料理を、どうしても泰造の分まで作ってしまい、もしかしたら…と待ち続ける…来ない泰造を待ち続ける事に、疲れていた。そんな時間帯の気を紛らわせたかった…事と文子は、お金が必要だった。それは毎月の家賃の支払いのお金だった…泰造の援助が無くなった今、文子に取って、九万円は、きつい金額だ。そんな意味が有って、文子は、この募集に、食い付いた。文子に取って願っても無い仕事だった。文子は、早速、履歴書を持って面接に行った、直ぐにでも来て欲しいとの事だった。上野駅近辺の、個人店ではあるが、大きな大衆居酒屋だ。活気溢れたこの居酒屋に、文子は、不釣り合いだったが、文子は、厨房の奥で、黙々と食器を洗っていれば良かったのだ。この居酒屋「みさと」は経営者は常駐している訳ではなく最後に、集金に来るだけだった。つまり、この店は、板長を頭に、板前二人と、見習い男子が三人で厨房内を、賄っていた。文子は、その見習い男子の手伝いで食器洗いを担当した。ホールの方は、若い男女の学生アルバイト五、六人で賄っている店だった。板長は、六十歳前後の初老で、なかなか厳しい所も有るが、何故か文子には優しかった。残業で遅くなってしまった時など、必ず文子をタクシーで送ってくれた。が文子に取っては、この居酒屋の人間関係は、適当に合わせているだけの事だった。文子は、黙々と食器を洗いながら、考える事と言えば工藤泰造の事だった。文子は、とうとう五十歳の誕生日を迎えようとしていた…文子は、半ば泰造の事は諦め掛けているものの、はっきりしないこの状態が耐えられない！　もしかしたら彼がひょっこり会いに来てくれるかもしれないなどと、思う事もある。このモヤモヤとした状態を、はっきりさせてしまいたくなっていた。やっぱり、もう一度泰造に会って、彼の口からはっきり別れを告げてもらいたい！　そうすれば自分自身が、けじめを付けられる。文子は、スーパーの休みの日に、居酒屋も休ませてもらい、泰造を訪ねて行ってみる事にした。

文子は、休みを取って泰造の自宅へと向かった…電車を乗り継ぎ埼玉県の外れである、こののどかな町に、何の連絡も入れず、ただ漠然と来てしまった。

文子は、泰造の自宅である家の前に、佇んでいた…古い建物だが立派な門構えの旧家だった。

文子は、ふっと、思い出した。確か泰造は長男であると聞いていた。文子は、思った。（こんな大きな旧家は、代々跡継ぎである長男が家を継いでいき、結婚をすれば、両親と同居をして家を守っていくのであろう。そうに違いない。そんな家の主である泰造が、家を出ていく事もなく、妻である、奥さんが家を出ていく事も、決してない！）と改めて、文子は、思い知らされた。文子は、力が抜けていった！　今まで自分は何を勘違いしていたのかを知った。愚かな自分に、思えてきた…が！　気を取り直し、もう一度！　どうしても、泰造に会いたい！　と言う思いが、溢れてきた。取り敢えず、一先ず何処かで休もうと、周りを見渡した。すると道路を挟んだ向かい側に、古びた小さな昔ながらであろう喫茶店が有った。文子は、その喫茶店に入る…すると八〇年代の歌謡曲のＢＧＭが流れていた。文子は、自分自身も八〇年代に戻された錯覚に陥った。七十歳前後のマスターが一人で賄っている、その店は初めて来た気がしなかった。文子は、泰造の家の正面に当たるガラス窓の有る席に座り、取り敢えずホットコーヒーを注文した。その席からは泰造の家が丸見えだった。文子は、コーヒーを飲みながら、ふぅと十代の頃、そう高校生だった頃、牧子と牧子の取り巻きの女子達と、こんな喫茶店でお喋りをしながら、お茶した事を思い出した。懐かしさで胸が詰まった。何故か涙がこぼれ出た……。と！　突然そこへ三十代位の若い主婦と見られる女性が二人入ってきた。活発そうなその女性達は席に着く前に、割と甲高い声で「おじちゃん！　コーヒー二つ！」と注文をすると、二人は窓側の文子の後ろの席に座った。その席からも泰造の家は丸見えの状態だった。するとその若い主婦達は、何やら噂話らしき事を言い出した…文子の耳に、その主婦達の会話が入ってきた。すると、一人の主婦が言い出した…「ねぇ！　知ってる？　その前の工藤さん家の！　おじいちゃん……」

文子の席の後ろの席に座った若い主婦が、話し出した。「ねぇその前の家の工藤さん家の、おじいちゃん！　祐司くんママと出来てるらしいわよ…」「えー！　嘘ー!!まさか！　だって、あの、おじいちゃん確か六十代よ、もう直ぐ七十近いんじゃないの！　それに祐司くんママは確か私達より若いのよね、まだ三十そこそこだったわよね。それに旦那さんとは、おしどり夫婦だったと思うけど！」「それがさぁ！　二人きりで、伊豆下田に一泊旅行に、行ったって！　その時祐司くんママが、京都に嫁いだ友人の所に遊びに行きます、ってことだったらしいのよ！　祐司くんを残してね!!だけど、間が悪い事に、その友達が実家に、帰ってきて、しかも祐司くんママの所に行っちゃったのよ！　それも祐司くんママの携帯が繋がらないので、直接訪ねて来たわけ！　それで旦那も、驚いて！　一体誰と何処に行ったんだ！　って事になって。それは、大騒ぎよ！　結局、工藤のおじいちゃんと伊豆に行っていた事がばれちゃった訳！」「えーそうなの！　でも何の縁で付き合い出したの！」「あの、おじいちゃん、若い頃、東京の一流企業に勤務していた事も有って！　こんな田舎じゃ、何か憧れさせる、オーラが有るから信頼されて、町内会の会長になり、民生委員も任されているから、福祉の事とかにも詳しくて。祐司くんママは、旦那と祐司くんがボーイスカウトとかにいる関係も有って、ボランティアで福祉の事とかに関わっていたので、工藤のおじいちゃんに、色々相談していたらしいのよ！　その内、男と女の関係になっちゃったんじゃないの！　でね！　その時二人を、問い詰めた時、工藤のおじいちゃんの言い訳がさー！　色々相談を受けていて、悩んでいる様だったから、気晴らしに、ドライブに連れて行った、って言うのよ！　同じ部屋に泊まっておいて、何もしてないって、言ったらしいわよ！」「へー！　でも、本当に何も無かったんじゃないの！」「そんな訳無いじゃない！　あのおじいちゃん、昔から、女癖、悪いもの、うちのお祖母ちゃんと工藤さん家のお祖母ちゃんが昔から仲が良くて、昔から色々相談に乗ってたんだけどね！　東京に勤務していた頃は東京に現地妻も居たらしくて。こんな田舎から東京の丸の内に通うのに、車で丸々二時間かかるから東京に部屋を借りていて、昔から週末しか帰ってこなかったんだって！　そう！　それでその時もう一つ事件があって！　二人が伊豆に行っていたとき、その現地妻だったらしき女が訪ねて来て、お祖母ちゃんと長男に慰謝料を請求したらしいのよ！　何でも、東京に勤務していた頃、身の回りの世話をしていたのに、退職して自宅に帰ったら何の音沙汰もなく電話にも出なくて、余りにも理不尽だ！　ってことで文句を言ってきたので、お祖母ちゃんと長男が謝って慰謝料も、お祖母ちゃんのへそくり全部渡したらしいわよ！」「えー！　嘘ー!!　何で払うの！　お祖母ちゃんからしたら逆じゃないの！　貰うべきよ！」「だって！　あのお祖母ちゃんも長男も、真面目で世間知らずなのよ！　そもそも、あの、お祖母ちゃんは十代で嫁に来たのよ、農家の一人娘で、親は大反対したんだけど、工藤のおじいちゃんが強引に連れて来ちゃって！　舅も姑もいる家に十代から色々苦労して、勿論財布を握ってたのは、おじいちゃんだったんだけど！　それが工藤のおじいちゃんの定年まで続いていたから三人も子供がいるのに、月に十五、六万しか渡されず賄っていたのよ！　残りは全部、工藤のおじいちゃんが使っちゃったらしいわよ！　多分、女に使ってたんじゃないの！　苦労しているのよね、お祖母ちゃん！」「そうなんだ、道理であの、おじいちゃん色気が有ると思ったわ、容姿も外人みたいで渋いし、その気になるのも何となく分かる気がする」「えー！　貴女も許容範囲、広いのね！　私は絶対無理」「やだ！　私だって六十代は無理無理無理」

そんな会話を聞いて、文子は、間違いなく工藤のおじいちゃんとは泰造の事だと確信した！　文子の知らない世界がひろがっていった。今まで知りたかったことが、こんな形で知らされた…文子は、苦笑いを浮かべた。

いま文子は、知らない泰造の、もう一つの世界を知った…ため息がこぼれ出た…。するると主婦の一人が、焦りぎみに言った。「ねぇ！　貴女！　もうこんな時間よ」「えっ！　本当！　夕飯の支度しなきゃ!!」…「おじちゃん！　会計」と言ってあわただしく店を出ていった。文子は、何の関係もない主婦達に、ポツリと一人、取り残された気持ちになった。

　そして文子は、色々、思い知らされた。そう！　あの時、泰造が、どうして私だったのか、ずっと不思議に、思っていた！　どうして何の取り柄もない、若くもない、ましてや決して綺麗でもない、私だったのか。今、やっと気付かされた！　それは、私が、彼に好意を持っていることに、気付いたからだ！　そう、貴方は、自分に、好意を持った、女性は決して逃さない！　狩人だったからなんですね。と文子は、心で呟いた…文子は、感じた、長い間捕らわれていた面影が消えていくのを。あんなに愛しい人だったのに…霧の様に消えていった…昨日まで！　今！　この生きている今！会いたくて！　恋しい人だった、それなのに、この喫茶店に入ってから三時間位たった今、遠い、遠い！　思い出の人になった様な気がした…そう！　まるで竜宮城から帰ってきた、浦島太郎が、玉手箱を開き、現実の世界へ、戻された様だった！　そんな、思いにとらわれた。その時、その店のBGMでキャンディーズの歌が流れてきた。（あの人はーあーあーくま！　あ！　私をーおー!!　とりこにするーうっ！　やさしいー悪魔あー）……文子は、立ち上がり会計を済ませ、店を出ようと、ガシャリ、と店のドアを開けた。その時、文子を捕らえていた、見えない鎖が外された！　文子は、外に出ると、何か、爽やかな気分になった。文子は、泰造の家を前に、深く一礼をした。それは泰造に対しての別れの思いと、奥さんや家族に対しての、懺悔の気持ちだった。

文子は、足どりも軽やかに家路へと向かった。文子が、工藤泰造の自宅を、後にし東京についた頃は、もう辺りは暗くなり始めていた。文子は、その足で美容室へと駆け込んだ。長年、編み込みをしていた…そう！　あの頃泰造が「綺麗だよ！」と言ってくれた、あの時のままの編み込みをした長い髪を、バッサリ切り、白髪交じりの髪を黒く染めた。

翌日、文子は、パートの仕事を終え、いつものように居酒屋「みさと」へと向かった。文子は、店に入っていく。そして文子は、ふっと、改めてこの店が、こんなに広くて明るい店だったのだと、思った。すると「文さん！　おはよう！」と、見習いの男子が、声を掛けてきた。文子も「おはよう」と返した。すると続けて男子が言った。「文さん！　髪を切ったんですね！　似合ってますよ！　若くなっちゃったね！」文子が言った。「えっ！　本当ですか!!」続いて板長が言った。「本当だ！　短い髪、似合うね！　惚れちゃいそうだなぁ」文子は笑顔で答えた。「えーそんなぁ」と、はにかんだ。文子は、改めて気付いた。居酒屋「みさと」が、こんなに明るくて家庭的な店だと言うことに。繁盛店のみさとは、その日も残業になった…食器を洗い終わる頃には、夜の十二時を回っていた。残業になった日は、いつも板長が「送るよ！」と声を掛けてくれた。いつもの様にタクシーを呼ぶはずが、板長がタクシーを呼ぶ前に、文子に言った。「文さん！　お腹空いてないか。ラーメンでも食べに行く？」文子は、泰造を失った自分の人生に迷いや不安も感じ誰かと一緒に居たい、と言う気持ちも有って、二つ返事で「はい！　食べたいです」と答えた。

二人でラーメンを、すすりながら世間話等をしていた…すると板長が身の上話をし出した。若い頃は、酒！　ギャンブル！　女！　と家庭を省みず遊んでいた結果、奥さんが子供を連れて出て行ってしまった事。その後何度もやり直そうと連絡をしても何の連絡も貰えず、子供にも会えなくなってしまった事。それからは、酒だけは仕事上、少々嗜むがギャンブルも、女も、一切止めた、との事だった。板長が、更に言った。「俺もこの年になって、思うんだ、そろそろ店を退職して、常連さんだけが通う様な小さな個人店を、営みたい」と。文子が焦ったように言った。「えーそんな！板長が、居なくなったら、寂しいです!!」すると板長が言う。「文さん！　本当に、そう、思ってくれるの？　実は文さん、みたいな人と一緒に店を営み、これからの人生を支え合って生きていきたいと、思っているんだ！　文さん！　考えてみてくれないか?」「えっ! 私! 私なんか、何の取り柄もないし。板長さんには、綺麗な、お客様のファンが、沢山居るじゃないですか!」すると板長が、答えた。「あーあの、お喋りな! 叔母さん達か!! あのお客さん達に話を合わせているけど本当は自分は、文さんみたいに静かで優しく自分を包んでくれる様な女性が好みなんだ! 前々から文さんに好意を持っていたんだよ! 文さんは、聡明で、優しい女性だよ!」

文子は、胸が一杯になり、涙が溢れてきた。板長が、そんな風に自分を見ていてくれたなんて! 文子は、感動してしまった。今まで何の取り柄もない自分と思っていた、そんな自分をこんな風に思っていてくれた! …すると、板長が、焦ったように言った。「ごめん! ごめん! 文さん! 気にしなくて良いよ! …俺が、勝手に、文さんを好きなんだから!」文子は、答えた。「違うんです!! 嬉しくて…」「えっ本当に、それじゃ文さん! 良いんだね! 俺と一緒になってくれるんだね!」文子は、恥ずかしそうに「はい…」と頷いた。すると、遠く彼方から、ふみ〜と言う声が聞こえた…(ふみ! 良かったね)と確かに、母の声が聞こえた! 文子は、答えた…母さん! 私、幸せになります!

著者プロフィール

松村 俊孝（まつむら しゅんこう）

1953年生まれ。
聖徳学園短期大学卒業。
お好み焼き「ともちゃん」を営みながら小説を書いている。
千葉県在住。

意地悪 富恵の生き甲斐

2020年12月15日　初版第1刷発行

著　者　松村 俊孝
発行者　瓜谷 綱延
発行所　株式会社文芸社
〒160-0022　東京都新宿区新宿1－10－1
電話　03-5369-3060（代表）
03-5369-2299（販売）

印　刷　株式会社文芸社
製本所　株式会社MOTOMURA

ISBN978-4-286-22013-0　JASRAC　出2007742－001